悪夢のギャンブルマンション

木下半太

幻冬舎文庫

悪夢のギャンブルマンション

1

「助けて欲しいんです。俺……殺されるかもしれない」

冗談ではないことはすぐにわかった。オカマバーのカウンターにはあまりにも似合わない台詞《せりふ》。しかも、超がつくほど男前の口から出た言葉だ。

マッキーは、グラスの氷をステアする手を止めた。「殺されるって、誰によ？」

「ヤクザに脅されてるんです」

「マジ？　脅される理由は？」

「いわゆる……その……」男前は、顔を赤らめた。

「ハッキリ言いなさいってば」

「美人局《つつもたせ》にあいまして……」

がっかり。いい男はこれだから嫌い。どこかに、ちゃんと下半身にブレーキのある男前はいないものかしら。

マッキーは、二十九歳。本名は、牧原静夫。現役バリバリのニューハーフだ。大阪は難波《なんば》の外れで、オカマ・バー《スラッガー》のオーナー・ママをやっている。店の名前の由来は、野球の〝強打者〟から取った。というのも、マッキーは、元高校球児だからだ。

「美人局って、どういうこと？」マッキーは苛立《いらだ》ちを抑え、優しく訊《き》いた。

「僕が働いているジムの会員の女の子を……」

「食っちゃったの？」

「まさか人妻だったなんて思わなかったんです」

「シラを切り通せば？　ヤってるとこを見られてない限り大丈夫よ」

「……見られたんです」男前が、顔を歪《ゆが》めた。「盗撮されてたんです」

「カンペキにハメられたわね」

いろんな意味でね。マッキーは、目の前にいる超男前への想いが急速に冷めていくのを感じた。残念無念だ。

彼の名前は剣崎浩。通称ヒロ。二カ月前から《スラッガー》に、週一のペースで通ってきている。年齢は二十五歳。短い髪にキリリ眉。大学時代にアメフトをやっていたらしく、がっしりとした肩幅と分厚い胸板に思わずヨダレが出る。仕事はスポーツジムのインストラクターで、身長は百八十五センチある。《スラッガー》に通うオカマたち全員が、ヒロの健康的に日焼けした肌と白い歯にノックアウトされ、水面下で激しい争奪戦を繰り広げていた。もちろん、マッキーもそのうちの一人だった。

もう、深夜。他に客はいなかった。正しくは一人残っているが、ボックス席で酔いつぶれている。念のため、邪魔が入らないように、表の看板の灯《あか》りも消していた。ヒロをゲットするには、絶好のチャンスだった。今日のマッキーは、衣装も気合が入っていた。テーマは、ゴージャス&カジュアル。ゴージャス過ぎると男に引かれる。カジュアル過ぎると舐《な》められる。お手本は、ユマ・サーマン。ブロンドのカツラに、ゴールドのラメ系チューブトップ（いつもよりも胸パッド増量）、デニムのホットパンツ（必要以上にヒップを強調）、カウガール風なロングブーツ（すね毛の処理も万全）。

「すいません」ヒロが、しょんぼりと言った。

「アタシに謝ってもしょうがないじゃん」

店内のBGMはクイーンの「アイ・ワズ・ボーン・トゥ・ラヴ・ユー」で、せっかくノリノリだったのに、話は、ロマンチックからどんどん遠ざかっていく。

マッキーは、リモコンでフレディ・マーキュリーの声を消した。店内には、デカデカと、フレディの上半身裸&サスペンダーのポスターが貼ってある。開店前、そのポスターに向かって、『フレディ様。今日も、お客さんが来るようお願いします。イケメン限定で』と手を合わせるのが日課だ。

「で、いくら請求されてんのよ?」

ヒロが指を二本立てた。

「二百万円?」

「二千万円です」

「火遊び代にしては、ずいぶんと高いわね」

「カッとなって殴ってしまったんです」

「ヤクザを? 何発?」

この筋肉で殴られたらひとたまりもないだろう。マッキーは、小麦色に焼けたヒロの腕を見た。白いタンクトップが似合い過ぎている。せっかく鍛えた筋肉を見せびらかしたくてしょうがないのが伝わってくるファッションだ(ヒロの本日のファッションは、白のタンクトップに、ジーンズだった)。

「何発かは覚えていないんですけど……相手は入院しています」

「あらら。そりゃヤバいわね。そのヤクザは、素人にボコボコにされて、メンツが丸潰れじゃない」

「組の上の人たちが出てきて、六甲山に埋められたくなければ金を払えと」

「もう、警察に行くしかないわね」

「それが無理なんです」ヒロは、チラリと店の入り口を見た。「鍵……閉まってますよね」

そう確認すると、ヒロはリュックの中から次々と札束を取り出し、カウンターの上に並べた。

マッキーは、息を飲んだ。「これ……いくらあるの？」

「一千万円です」

「こんな大金どうしたのよ！　どうやって手にいれたの？」

マッキーは、うつむくヒロを問い詰めた。

「両親から借りました……」

「事情を話したの？」

「話すも何も、ヤクザたちが実家の両親まで脅したんです」ヒロが声を詰まらせる。

「そんな奴らに金を渡す必要はないわよ！　警察に相談しなさい」

「でも、悪いのはこっちですし……両親もお金で解決できるなら、そうしたいと」

「甘いわね。あいつらに一度でも金を渡したら、調子に乗ってどんどん請求してくるわよ。もしかして、ヒロちゃんの実家って超金持ち？」

「金持ってほどじゃないけど、老舗《しにせ》の旅館やってます」

なるほどね。ヤクザの軍団に旅館に来られたら、営業妨害もいいところだ。人の弱みにつけ込むのが奴らのやり方なのよ。

「もちろん二千万以上は払いません。それ以上要求されたら警察に相談します」

「でも、半分しかないじゃない」

「それで、マッキーさんに相談しに来たんです」ヒロが、カウンターから身を乗り出した。

「え？　アタシにそんな貯金あるわけないでしょ！　今日の晩御飯もペヤングだったのよ！」

「お金の相談じゃありません」

「じゃあ、何よ？」

「この一千万をギャンブルで倍にしたいんです。大国町《だいこくちょう》のカジノ・マンションって知ってますか？」

「何それ？」

大阪の大国町は、七年ほど前まで全国的に有名な非合法の風俗街だった。特徴的なのはマンションで営業するスタイルだ。マンション全体が風俗店となっており、一部屋一部屋に女の子が待機しているというアイデアが、爆発的な人気を呼んだ。客からすると、独り暮らしの女の子の家に遊びに行く気分を味わえるというわけだ。全盛期は、大国町にいくつもの風俗マンションが乱立した。しかし、近隣の住民の反対運動にあい、今は風俗マンションのほとんどが壊滅したはずなのだが……。

「もともと風俗やってたマンションなんか、誰も入りたがらないでしょ。困ったオーナーがマンションの中を改造して裏カジノにしてしまったんです」

「アンタ、そこで勝負する気？」

ヒロは、涙を浮かべて言った。「お願いします。一緒に、ついて来てくれませんか？」

「面白そうじゃない」ボックス席の酔っぱらいが目を覚ました。「マッキー先輩、行ってみましょうよ！　そのマンションに！」

酔っぱらいの名前はジェニファー。後輩のニューハーフだ。

2

アタシってば、お人好《よ》しにもほどがあるわよ。

マッキーは、大国町へ向かうタクシーに乗っていた。

『一人じゃ心細いんです。こんなことを頼める人、他にいないんです！　それに、俺、ギャンブルはメチャメチャ弱いし……』

ヒロがカウンターに額を擦りつけるのを見て、仕方なく引き受けてしまった。マッキーが断っても一人で行ってしまうだろう。このままだと、ヒロは熱くなって、一千万全額を失ってしまう可能性もある。それだけは、何としても止めなくてはならない。

ヒロは、タクシーの進行方向をまっすぐ見てガチガチに緊張している。

「カジノ・マンションのこと、どこで知ったの？」

マッキーは、緊張をほぐしてやろうとヒロに話しかけた。

「ジムのお客さんに、そういうことに詳しい人がいまして……。で、そのマンションは色々と特殊なルールがあるそうです」

「何それ？　先に言いなさいよ！　どんなルールなの？」

「まず携帯は使用禁止なんです。受付に預けなくちゃいけないそうです」

なるほど、それで、ヒロは心細くて誰かについて来て欲しかったのか。もしかすると、すでに私に頼む前に何人かに断られたのかもしれない。

「携帯が使えないということは、何かあっても外に連絡できないってことね」マッキーは、自分にも言い聞かせるように言った。

……ヤバそうな匂いがしてきたわよ。やっぱりその道のスペシャリストが必要ね。ギャンブルの世界にどっぷりと浸《つ》かっている人間が。

「もう〜。輝男《てるお》の奴、肝心な時に限って電話に出ないんだから〜」

ジェニファーが、携帯電話を片手に口を尖《とが》らせた。

ヒロが、さっきからチラチラとジェニファーの胸の谷間を見ている。さすが、全身美容整形サイボーグのジェニファーだ。お気に入りの赤いドレスに身を包み、今夜も戦闘態勢は万全だ。誰も男だとは思わないだろう。

本名、太田太のくせに……。ジェニファー・ロペスみたいになりたくて、自らジェニファーと名乗っている。父親が日本拳法の師範代で、ジェニファーもメチャクチャ喧嘩が強い。以前、悪徳刑事とヤクザの争いに巻き込まれた奈落のような一夜でも、ずいぶんと助けられた。ジェニファーは、その時の闘いで足を大ケガしたが、今はすっかり良くなっている。さすが史上最強のオカマだ。

「あの……輝男って誰ですか？」ヒロが、不安な顔で訊いてきた。

「ギャンブルの天才よ」マッキーは、ニッコリと笑って答えた。

《梅咲《うめざき》輝男》。

なるべくなら、会いたくない男だ。

大国町に着いた。終電のなくなったこの時間帯は、人通りがほとんどない。

「考え直すなら今よ。ご両親の大事なお金をこんなことに使っていいの？」

「他に方法がありますか？　あと、一千万足りないんですよ？」ヒロが言い返す。

「もし、負けたらどうするの？」

「絶対に負けません」ヒロは、唇を嚙《か》みしめた。

こりゃ負けるわね……。そういうものだ。ギャンブルは熱くなったら必ず負ける。

十万まで様子を見よう。そこまで負けたら、ヒロを引きずってでも帰ろう。傷口は浅くだ。

一台の自転車が、猛スピードでこっちに走ってきた。

「お待たせー！」

梅咲輝男が、ニコニコしながら手を上げた。

「ちょっと、輝男！　そのママチャリは何よ？」

「逃げてる時に、ちょうど、ええ感じで鍵なしでポンと置いてあったから、ちょっと借りてきてん」

助っ人として、あまりにも不謹慎な登場の仕方だ。

マッキーの顔を見て、ニタリと笑みを浮かべる。

「よう、マッキー。毎度」

「相変わらず好き勝手に生きてるみたいね」

「そんなことないって。俺なりに色々悩んでるよ」輝男が、自転車を降り、セブンスターをくわえる。「火ある？」

「どんな悩みよ」マッキーは、タメ息を飲み込み、ライターを出した。

「もちろん人生についてやん。どうすれば、幸せになれるんやろって」

「麻雀しながら？」

「うん。今日は、七万勝ったから、とりあえずは幸せ」輝男が、煙を鼻から出して言った。

「最後の最後でイカサマがばれて、殺されそうになったけど」

呆《あき》れて何も言えない。いつもながら適当な男だ。ボロ雑巾みたいな格好をしていなければ、そこそこいい男なのに。本日の輝男は、赤紫のベロアジャケット（安物のテロテロ）、白シャツ（タバコのヤニで黄色に変色）、穴だらけのジーンズ（ドブの匂いがする）だ。

輝男とは三カ月前に出会った。《スラッガー》に入り浸っていた〝迷惑な客〟を追い払ってくれてからの付き合いだ。

〝迷惑な客〟の名前は亀頭《きとう》。冗談みたいな名前のチンピラだ。時代錯誤な奴で、ある日突然店に現れて、理不尽なショバ代を請求してきたのだ。亀頭は、暴力の世界で生きてきた匂いをプンプンとさせ、他のお客さんたちを威嚇《いかく》した。体も大きく、竜の入れ墨が手首まで入っている。丸刈りの頭には、ケンカで殴られたものであろう、傷痕が、走っている。絶対、カウンターの隣には座って欲しくない人種だ。似てる有名人をあげるなら、ずばり、マイク・タイソン。ただ、笑えることに、鼻の横に、巨大なホクロがあった。タイソンのホクロ。マッキーは、いつも笑いをこらえるのに必死だった。

マッキーがショバ代を払うのを拒否すると、亀頭は嫌がらせで、毎晩やってきては、仲間とカウンターで花札をやり始めたのである。完全な営業妨害だ。困ったマッキーに、ジェニファーが、『ギャンブルがメチャクチャ強い人がいますよ。わたしの元カレなんですけど』と、輝男を紹介してくれた。輝男は、チンピラたちを相手に一晩で三百万円も勝ち（しかも、イカサマで）、負け金を払えなかった亀頭は、その日以来パタリと店に来なくなった。中途半端なチンピラには、何よりも効果的な撃退法だった。

「……この人ですか？」ヒロは、輝男を見て、不安げに眉をひそめた。

「どもども初めまして。輝男ちゃんで～す」輝男が、馴れ馴れしくヒロに握手を求める。

「ええガタイしてるな～。もしかして、若手のプロレスラー？」

ジェニファーが、輝男の乗り捨てた自転車を、道の端に寄せた。

「何で、アタシがやらなくちゃいけないのよ！」とブツブツ文句を言っている。

「輝男ちゃん、大勝負なの。気合を入れてよね」

「へーえ。軍資金はいくら用意してんの？」

「一千万です」ヒロが呟《つぶや》く。

「やるねえ」輝男は、眉を上げ、嬉しそうに口笛を吹いた。


十分後、銀色のワゴンがやってきた。

スキンヘッドの男が運転席のドアを開けた。

ちょっと……イカついのが出てきたわよ……。男は、高そうなグレーのスーツを着こなし、鋭い目でマッキーたちを射貫いた。たぶん、アルマーニだわ。ピンクのシャツにノーネクタイ。頭を見ればわかるが、完全に素人じゃない。年齢は、三十代前半といったところか。細身で手足は長く、スタイルがいい。身長もヒロと変わらない。いわゆるモデル体型だ。顔も悪くない。ジュード・ロウを二、三発殴り、無理やり日本人にしたような顔をしている。

男は、うやうやしくお辞儀をした。「いらっしゃいませ。案内役の葉月と申します。今夜は思う存分お楽しみください」

「出迎え付きかいな。えらい豪勢やんけ。どうせやったら、リムジンの方がよかったけどな」輝男が、ヘラヘラと笑う。

葉月は、輝男の戯《ざ》れ言《ごと》に笑顔で返した。あからさまな営業スマイル。心なしか、頬がヒクついているように見える。

「車に乗って、これをおつけください」葉月が、アイマスクを人数分出してきた。

「なんじゃこりゃ？」輝男が、受け取ったアイマスクをプラプラさせる。

「なにぶん秘密の営業ですので、お客様には目隠しで移動してもらいます」

「いつ外すねん？」

「マンションに入ってからです。それまで、決して外さないようお願いします」葉月が言った。今度は笑わなかった。

3

「ではアイマスクを外してください」

葉月の声が聞こえた。マンションに着いたのだ。マッキーはアイマスクを外した。

一階のロビーだった。どこにでもあるようなデザインのマンションね……。ただ一つ違うのは、玄関口のガラスドアに黒いフィルムが貼られ、外が全く見えなくなっていることだ。

コンクリートの打ちっぱなしのせいか、なんだか肌寒い。マンション内は生活感がなく、ひっそりと静まり返っている。

ここはどこなのかしら？　ワゴンに十五分以上は乗せられたので、大国町かどうかもわからない。

「受付はこちらです」葉月が、一〇一号室のドアを開けた。

部屋は殺風景もいいとこで、簡単な机とパイプ椅子、それとパソコンが一台あるだけだ。電話さえもない。

葉月が、机の引き出しを開けた。色々な色のコインが見える。「お客様の現金をチップに交換させていただきます」

「ど、どうしましょう……」ヒロが、早くも助けを求める。

「チップの種類は？」輝男が訊いた。輝男は堂々として、緊張している様子は微塵《みじん》もない。ありえないくらい、いい加減な男だが、ことギャンブルに関しては頼りになる。

「十万、五十万、百万、五百万、一千万、五千万、一億です」

億？　え？　今、一億って言った？

「一千万のチップでお願いします！」ヒロが、札束を机の上に置いた。鼻息が荒い。すでに、我を失いかけている。

「本当によろしいですか？」

「はい！」

「焦ったらアカンで、ヒロちゃん」輝男が、ヒロを抑える。「一千万で一発勝負するわけじゃないやろ？」

「それは……」

「もちろん、するわけないわ」マッキーが、代わりに答えてやる。

一千万円なんて、とんでもない。もし負けても、絶対、マイナス十万円までで連れて帰る。

「じゃあ、細かく換えんと」

「でも、どう換えれば……」

「ツルピカの兄ちゃん、十万を五十枚、五十万を二枚、百万を四枚ちょうだい」

「はい。かしこまりました」葉月は、ツルピカと言われても動じることなく、プラスチック製のコインを言われた通りの枚数で取り出していく。

「ちょっと待って、今のが全部で一千万円？」ジェニファーが、輝男に確認する。

「計算すればわかるやんけ」

「アンタが速過ぎるのよ」

マッキーは、呆れながらも感心した。この男はギャンブルとなると脳みそが高速で回転するらしい。

コインの色は、十万円が赤、五十万円が緑、百万円が黄で、それぞれ金額が彫られている。

「何だかドンジャラみたいね」ジェニファーが、ボソリと呟いた。

「それではルールを説明します」葉月が、全員を見まわす。

ヒロが、大げさにゴクリと唾を飲み込んだ。

「まず、携帯電話はこちらで預かりますのでご了承ください。お帰りの換金の際にお返しします」葉月は四人から携帯をとりあげると、一枚のカードを差し出した。「こちらをどうぞ」

「何ですか、これ？」ヒロが、不安丸出しの顔で受け取る。

「カードキーです。これで、一階のどの部屋のドアも開けることができます。一階の部屋の数は、今いる一〇一号室を除いて、全部で四つございますので、お好きな部屋でプレイしてください。ゲームの種類は各部屋で違います」

「え？　四種類もあんの？　どんなゲームがあるわけ？」輝男が眉をひそめた。

「ドアを開けてのお楽しみです」

「マジかいな？　じゃあ、ドアを開けて、ゲームを確認してからやめるってのは」

「できません」葉月が、ピシャリと言った。

「メチャクチャ不利やんけ！」

「そ、そうなんですか？」ヒロが、早くも泣きそうな顔になる。

「当たり前やん。ルールの知らんゲームやったらお手上げやで」

「そんな……」

「その点はご安心ください。どの部屋のゲームも、至ってシンプルなものです。ルールは小学生でもわかるようになっております」

「どんなギャンブルやねん……」輝男の顔から、今夜はじめて余裕が消えた。「他にルールは？」

「勝つことです」

「はぁ？」

「勝ち続けなければ、このマンションから出ることができません」

マッキーは、ヒロを見た。可哀相に捨てられた小犬のように怯《おび》えている。

どうしよう？　やめるなら今かしら？

葉月が説明を続ける。「まずは一階のディーラーに勝ってください。勝つまでどの部屋を行き来してもかまいません。勝ったら、別のカードキーを貰えます。そのカードを使ってエレベーターで二階に行ってください。そのカードキーでは、二階より上の階には行くことができません」

「二階だけ？」

「はい。二階のディーラーに勝てば、三階のカードキーを。三階で勝てば、四階のカードキーを」

「ちょっと待って。このマンションは何階まであるのよ？」マッキーが口を挟む。

「五階です」

「じゃあ、最低でも五回は勝たなきゃ帰れないってこと？」

「そういうことです。最上階のディーラーに勝てば、マンションの玄関ドアのカードキーを貰えます。ちなみに、何度負けても、一度勝てればキーはお渡ししますからご安心ください。いつかはここから出られるでしょう」

「何だか面倒くさいね」

ジェニファーが呑気《のんき》に言った。このオカマだけは、深刻な空気に気付いていない。

「あの……負け続けて、チップがなくなった場合はどうすれば……」ヒロが、縁起でもないことを口走る。

「各フロアで貸し付けます」

「借金を背負わせるってわけか。エグい商売やな～」

輝男は、ポリポリと無精髭《ぶしょうひげ》を掻《か》いた。静かに闘志を燃やしているようだ。

ヤバいわ。嫌な予感がする。「ヒロちゃん、やめた方がいいんじゃないの？　何だか怖いことになりそう」

「いいえ。やります……これしかないんです……」ヒロの決心は固い。

「まぁ、ようは勝てばいいんやし」輝男が、余計なことを言う。

「輝男、自信あるの？」ジェニファーが眉をひそめる。

「任せとけ。小学生でもわかるゲームに俺が負けるわけないやん」

不安だわ……少しずつ賭けていくしかないわね……。

「それでは、ごゆっくりお楽しみください」

葉月は、三人を部屋から送りだすと、仰々しく頭を下げて一〇一号室のドアを閉めた。廊下に残されたマッキーたちは顔を見合わせる。

輝男が、重い空気を破るように両手を叩いた。「よっしゃ。稼ぐか！」

「よろしくお願いします」ヒロが、弱々しい声で言った。

「ヒロちゃん、焦っちゃダメよ。大事なお金なんだから、少しずつ賭けていきましょうね」

「わかりました」ヒロが素直にうなずく。「どの部屋からいきますか？」

「隣でええんちゃう。楽しんでいこうや。敵を倒して上の階に昇っていくなんて、カンフー映画みたいやん」

輝男が、勇気づけるように、ヒロの背中をドンと叩いた。

「はい……頑張ります」

ヒロが、カードキーを、恐る恐る一〇二号室のドアに差し込んだ。

4

またカモがやってきた。

葉月は一〇一号の部屋で、一人タバコに火をつけた。机上の一千万円の束に目をやる。

男二人にニューハーフが二人。変わった客だが、間違いなく全員負ける。あいつらは、ここがどれだけ恐ろしい場所かわかっていない。

今まで、このマンションの犠牲になった人間を何人見てきただろう。たまに運だけで勝ち抜けて帰る客もいないではないが、ほんの一握りだ。そして、その味をしめた客も、またすぐに戻って来て、大金を落としていく。

馬鹿だ。どいつもこいつも救いようのない馬鹿だ。

葉月は、バスルームに入り、鏡で自分の顔を見た。目の下にひどいクマができている。

クソッ……。そういう俺はこんなとこで何やってんだ？　大学まで出てヤクザになったのに、裏カジノの案内役かよ。葉月は、スキンヘッドの頭を撫《な》で、タバコを火のついたまま洗面台の排水口に捨てた。

クソのようにつまらない人生だけは嫌だった。いい車に乗って、いい女を抱きたい。だが、葉月には、何の才能もなく何のコネもない。だから、金と権力を得る仕事はヤクザしか考えられなかった。ヤクザになって、組のためにがむしゃらに働いて八年。さすがに人殺しはしてないが、その一歩手前の汚れ仕事をいくつもこなしてきた。それなのに……。

何だ、こりゃ？　この先に何がある？　すべて、あのガキのせいだ。

葉月が所属する『天竜会』は、組長の息子の天野涼介が牛耳《ぎゅうじ》っている。二年前に組長が肝臓の病気で入院してからやりたい放題だ。

このカジノ・マンションも、涼介のアイデアだ。それが今、組で一番のシノギになっているのもムカつく。涼介のキレのいいところは、ＶＩＰやセレブ相手には接待営業でわざと勝たせていることだ。ここのディーラーたちの腕をもってすれば、金持ちどもをいい気分にさせるなんて朝飯前だ。負けた分は、金持ちどもの友達から取り返せばいい。噂を聞いたアホどもが次から次へとやってくる。テレビで観たことのある政治家や芸能人も、何人も来た。誰でもわかるシンプルなゲーム制にしたのも、人気の理由の一つだ。賭場を各部屋ごとに分けたことによって顔がささないのもいいのだろう。

カジノ・マンションの成功によって、涼介はますます調子に乗ってきた。七つも年下のくせに俺を奴隷のようにコキ使いやがって……。

『ヘイ、葉月。オメエ、いまいち迫力が足んねえからよ、頭をツルピカに剃《そ》ってこいよな。その方がギャングっぽくね？』

次の日、スキンヘッドにした葉月を見て、涼介は爆笑した。『井手らっきょみたいじゃん！　今度からお前のこと、〝らっきょ〟って呼んじゃおうっと』

七光りが。舐めやがって。

葉月は、涼介のネズミそっくりの顔を思い出し、怒りで拳《こぶし》を震わせた。

涼介は、大阪ヤクザの息子のくせに、高校は東京の私立に通っていた。親元を離れ、都内の高級マンションで独り暮らしをして、これまたやりたい放題やっていたらしい。大学は、コロンビア大学。金に物を言わせての留学だ。日本に戻ってきて、いきなり組の幹部になった。現在、二十四歳。三十一歳の葉月より、七つも年下だ。何が一番許せないかというと、アメリカで、ヒップホップにかぶれてきたことだ。いつも、ベースボールキャップをななめにかぶり、ダボダボのバスケットのユニホームを着ている。ギラギラのゴールド・チェーンもむさ苦しい。しかも、黒人気取りで『エイ、ヨウ』と挨拶してくる。口癖は、『ファック』と『ビッチ』。『昨日、俺の新しいビッチと、ファッキンな寿司屋に行ってよ』と言われても、理解できるわけがない。

馬鹿息子が……。このままでは、鏡を叩き割りそうだ。葉月はポケットから、ビニールに入った白い粉を取り出した。洗面台に白いラインを作り、一万円のピン札を丸めて鼻から一気に吸い込んだ。

今日から俺の新しい人生が始まるんだよ。

もう片方のポケットに、手を突っ込む。冷たい鉄の感触。今朝、西成《にしなり》の売人から仕入れた銃だ。

これであのガキを泣かしてやる。殺しはしない。足か腕でも撃てば十分だ。どっちの格が上か思い知らせてやるのだ。もちろん、そんなことをすれば、破門どころか、コンクリートを抱かされて大阪湾に沈められる。そうなる前に逃げてやるのだ。金ならこのマンションに腐るほどある。すでにパスポートも用意済みだ。金を奪って朝イチの飛行機でトンズラしてやる。

今夜は集金の日だった。普段は、涼介本人が二日に一回は金を回収しに来るが、『本場のカジノを見てくるわ』と、ふざけたことを言って、二週間前、ラスベガスに遊びに行ったため、五〇一号室にある金庫には、二週間分の売り上げが、たんまりと詰まっている。

こんなチャンス、二度と来ねえ。

テンションが上がってきた。もう一回白い粉を吸い込む。不純物が混ざった最低のブツだが、そんなことはどうでもいい。

あいつの泣き顔が見られる。それだけでイキそうになるほど興奮する。

5

一〇二号室のドアが開いた。

一体、どんなギャンブルよ……。

マッキーたちは、輝男を先頭に、部屋の玄関に足を踏み入れた。廊下に入ってすぐに、トイレとバスルームがある。普通の独り暮らしのマンションの間取りだ。

「いらっしゃいませ。どうぞ、土足のままお入りください」

奥のリビングドアの向こうから、低く通る男の声が聞こえた。

家具も何もない1DKの部屋に、その男はいた。

「ようこそ。一〇二号室のディーラーを務めさせていただきます、榊原《さかきばら》です」

浅黒い肌をした初老の男。見たところ、年齢は五十歳前後か？　タキシードに身を包み、落ち着いた佇《たたず》まいで、机の前に座っている。彫りの深い顔。灰色の髪が、いい感じで禿げあがっている。ショーン・コネリーを五、六発殴った顔とでも言おうか。

なかなか、ダンディじゃない。マッキーの鼻の下が伸びた。隣のジェニファーも負けじと鼻の下を伸ばしている。

「それではさっそく始めましょうか」声も渋い。「トップバッターは誰になさいますか？」

榊原が、自分の前の椅子に座るように促す。

「その前に何をやるか教えてくれや」

輝男が、敵意むき出しで言った。完全に戦闘モードだ。ギャンブラーの血が騒いでいるのだろう。

「誰でもできるシンプルなゲームですよ」

榊原が、一組のトランプを取り出した。

「ババ抜きだったら超ウケるんだけど」ジェニファーがおどけて言った。

「おもしろいですね、お嬢さん」

「お嬢さんじゃないわ、オカマよ」

マッキーの訂正に、ジェニファーがムッとする。

「これは失敬」と榊原はすかさず謝ると、続けた。「ババ抜きで、人生を左右するギャンブルをするのも一興かもしれません。しかし、人生の時は短い。短時間で、しかも興奮する。

そんなゲームがあるんです」

「どんなゲームよ？」

「ポーカーです」

「えっ？　アタシ、ルール知らないわよ！　小学生でもわかるゲームのはずでしょ！」

「わたしもツーペアまでしかわかんない」ジェニファーが、頬を膨らます。

「俺も役を全部覚えていない」ヒロも慌てて言った。

「普通のポーカーじゃありません」

「インディアン・ポーカーやな」輝男が、得意気に言った。

「その通りです」榊原がトランプの封を切り、机の上にカードを広げた。「新品のカードです。気の済むまで調べてください」

　輝男がカードを手に取り、調べ始める。

「インディアン・ポーカーって何？」マッキーは、カードをチェックする輝男に訊いた。

「勘と度胸だけのゲームや」

「ちゃんと説明しなさいよ！」

「ルールの方は私から説明します」榊原が、机から二枚のカードを取った。「配られたカードは見ないでください」

榊原は一枚をマッキーに渡すと、もう一枚を自分の額にピタッと付けた。もちろん、こちらに榊原のカードは丸見えとなる。ハートの9だった。

「私には、自分の手がわかりません」

額に付けているのだから当たり前だ。

「私のマネをしてもらえますか？　もちろん自分の手は見ないでくださいよ」

マッキーもマネをして、自分の額の前にかざす。

なんか、マヌケじゃない？

「数字の大きい方が勝ちです。相手の手は見えるが、自分の手はわからない。相手の表情を読み取り自分の手を推理するのが、このゲームの醍醐味です。この姿が、インディアンの頭飾りに似ていることから、この名前が付いたそうです」

「な、勘と度胸だけやろ」輝男がカードをシャッフルし始めた。

マッキーのカードはスペードのジャックだった。

「今のが勝負をしていたのであれば、アナタの勝ちです」

「ただの運勝負で決まるわけ？」

「オリることができるんです。もし、相手の手が強かったり、自分の手が弱そうだと感じたらオリればいい。ただし、連続でオリていいのは三回だけ。四回目は必ず勝負をしないといけない。オリてばかりだと、ゲーム自体がつまらなくなりますからね」

榊原の目が光った。獲物を仕留める狩人の目だ。

「つまり、いかにうまくオリつつ、相手の手の弱い時に勝負できるかやな」輝男が、シャッフルを終える。

榊原が、輝男を警戒した目で見た。この獲物だけは手ごわいと感じたのだろうか？

輝男は、カードの束を机の上に置いた。「カードは問題なし。誰からやる？」

「俺がやります……」ヒロが、名乗り出た。

「ヒロちゃん、大丈夫？」

「俺が招いたことですから」

「焦らないで。ゆっくりと少しずつ賭けていくのよ」

「わかってます」ヒロは、意を決して椅子に腰掛けた。

「メガネをかけさせてもらいますよ。最近、年のせいで目が遠くなりましてね」

榊原が、急に年寄り染みたことを言い、丸いメガネをかけた。それはそれで、ジャン・レノみたいで渋いが。

「一番弱いカードが2です。一番強いカードはエースです。それとジョーカーを特別なカードとします」

「自分のカードがジョーカーで勝負に出ると、相手がどんな手であれ負け。賭け金の二倍払いになってしまいます」

「ジョーカーで勝負に出ると最悪なわけやな」

「そういうことですね。あと、わかりきったことですが、観戦者は、勝負中には私語を禁止とします。合図を出されないとも限らないんでね」

「そんなことするわけないでしょ！　ムカつくんですけど」ジェニファーが、食ってかかる。

「では、始めましょうか」

榊原が、鮮やかな手つきでカードを切った。テーブルの上に二枚のカードを滑らす。「お
好きなカードを選んでください」

ヒロが少し悩んだ末、右側のカードを手に取った。額の前にかざす。

クローバーの10だ。悪くない。

榊原もカードを見せた。ハートの9だ。

このまま勝負すればヒロの勝ちだ。

「さあ。どうします。勝負か？　それともオリるか？」榊原が静かに言った。

男なら勝負よ！　ヒロちゃん！

「……オリます」ヒロは、カードを下ろした。

何、弱気になってんの！　思わず文句を言いそうになった。

「しまった……」ヒロが、自分のカードを見て愕然《がくぜん》とする。

「ドンマイ！　ドンマイ！」輝男だけが、冷静だ。

仕方ないかもね。初めてで、いきなり勝負なんてできないか。

「残念でしたね。でも、人生そういうもんです。ほとんどの人が訪れたチャンスに気づかないで過ごしている」

榊原が不敵に笑った。ヒロに揺さぶりをかけているのだ。

榊原が、再びカードを切った。マジシャンのように惚れ惚れするほどの手つきだ。

ヒロが、配られた二枚のカードを穴があくほど睨《にら》み付ける。

「こっちを」左側のカードを手に取り、額の前にかざす。

ヒロのカードはスペードのキングだった。

ヤッタ！　二番目に強いカードじゃない！　榊原のカードは？

ダイヤの5だ。弱い。キタわよー！　このチャンスを逃がしてなるものですか！

「どうしますか？」

ヒロは、テーブルの上に赤色のコインを置いた。「十万」

榊原が、赤色のコインを二枚置く。「二十万」

バカじゃないの？　エースでしか勝てないのに！

ヒロも負けじとコインを二枚追加する。「三十万」

榊原は、余裕の表情でコインを増やす。「五十万」

ヒロの顔が歪んだ。「……オリます」

何やってんのよ！　楽勝だったのに！

ヒロが、自分のカードを確認し、青ざめる。

「あと、一回しかオリられませんよ」榊原が、微笑《ほほえ》む。

マズい。この男の方が一枚も二枚も上手《うわて》だわ。

インディアン・ポーカーは思ったより奥が深そうだ。榊原は、ヒロを引きずり下ろすため、賭け金を吊り上げたのだ。ヒロからすれば、相手があんなに自信を持って賭け金を吊り上げてくれれば、自分のカードが、さも低い数字なのだという幻想を抱かされるのは当たり前だ。

次のヒロのカードはスペードの3。榊原のカードはハートのエースだった。

「オリます！」ヒロは、悔しそうにカードをテーブルに叩きつけた。

最悪の流れだ。相手は最強のカードだ。オリるしかない。最初の二枚では勝っていたのに、いつのまにか追い詰められているのはヒロの方だ。榊原の駆け引きの上手さに子供扱いされている。健康と男前だけが売りのヒロでは、とても太刀打ちができないように見えた。早くも崖っぷちじゃない。

「次はオリることはできませんよ」榊原が、勝ち誇った顔でカードを配った。

6

お願い！　いいカードが来て！

ここは運に頼るしかない。もうオリることはできないのだ。

マッキーは、祈る思いでヒロが額にかざしたカードを見た。

ダイヤの4だった。

ヒドい……。運命の女神は微笑むどころか、そっぽを向いた。

榊原のカードは、スペードの8だ。

「最初なので軽くいきますか」榊原が緑色のコインを投げる。「五十万」

ヒロは震える指先で同じ緑色のコインを置いた。

「オープン」榊原が手を開き、笑みをこぼす。「末広がりの8ですか。なかなか好調な滑り出しですね」

榊原は、ヒロのコインをつまみあげ、厭味《いやみ》ったらしくキスをした。ヤバすぎるわ。ものの五分で五十万の大金を失ってしまった。

「ヒロちゃん、大丈夫？」

「絶対に、次で取り返します！」ヒロが、今にも湯気が出そうな顔で言った。

ダメだ。熱くなっている。

「そうそう。頑張ってくださいよ。このゲームは運次第なんですから」榊原が、カードを配る。

違う。これは心理戦だ。冷静さを失った方の負けだ。

ヒロが、すぐに右のカードを選び、額の前にかざす。マズい。焦っている。数字はダイヤの7だ。良くも悪くもない。

「ゆっくりいきましょうよ。夜は長いんですから」榊原が優雅な手つきで、カードをかざした。

ヒロの頬がピクリと震える。

ジョーカーだ！

大、大、大チャンスよ！　うまく勝負に持っていけば、榊原から倍払いでコインをゲットできる。

ヒロちゃん、ここは慎重にね！

「五十万」ヒロが興奮を押し殺した声で言った。

ダメダメ！　ジェニファー！　鼻の穴が膨らんでるわよ！

「怪しいですね……」榊原がじっとヒロの顔を覗《のぞ》き込む。「嫌な予感がします。なぜ突然、五十万も賭けるのか？」

「そんなの自由だろ」ヒロが、言い返した。

「オリます」榊原が、あっさりとカードを下ろし、自分のカードを確認した。「やっぱり、ジョーカーだ！　危ない危ない！　もう少しで百万負けるとこでした」

カードを弾《はじ》いて喜ぶ榊原と対照的に、ヒロは、ガックリと肩を落とした。ダメだ。流れが悪すぎる。


またもや惨敗だった。

ヒロのカードはスペードの5。榊原は一つ違いのハートの6だった。頭に血が上ったヒロは、イッキに取り返そうとして五十万張ってしまったのだ。

計百万の負け……。まだ十分も経《た》っていない。

「……交代してください」ヒロが、ヨロヨロと立ち上がった。

「私がやるわ」

十万の負けで、ヒロを連れて帰ると心に誓ったのに……私の責任だ。

さあ、勝負よ！

マッキーは、椅子に座り、カードを切る榊原にガンを飛ばした。

榊原は、往年の映画スターのように、余裕綽々《しゃくしゃく》で笑みを浮かべている。

アダルトな魅力なんかに誤魔化《ごまか》されないわよ。

「ギャンブルのコツはリラックスですよ、お嬢さん」榊原はうやうやしく、テーブルの上に二枚のカードを滑らした。

マッキーは右のカードを手に取り、額の前にかざす。当然、自分の数字は見えない。榊原がゆっくりとカードを見せた。

クローバーの2。2だって！　キタキター！　一番弱い数字よね！　プププ。ざまあーみろ！　余裕ぶっこいてるから、そんなカードが来るのよ！　こっちがジョーカーじゃない限り勝てるわ。ちょっと待って……ジョーカーってことはないよね。大丈夫。さっき、出たばっかりだもん。ありえないよね……。

「長考ですね。では、私からいかせてもらいましょう」

榊原は、緑色のコインに手を伸ばした。

え？　緑色？

榊原が、五十万のチップを投げる。

「えっ？」背後のジェニファーが、思わず声を洩《も》らした。

「お静かに願えますか」榊原が注意する。

ハッタリ？……にしては額が大き過ぎる。もちろん、榊原は自分の手が2だとはわからないのだから、やはり、こっちの数字が低いのだ。3か、同じく2か……もしくはジョーカーか。ジョーカーなら百万の負け。ヒロが負けた分と合わせると二百万……。

腋《わき》の下にジットリと汗がにじむ。急に言いようのないプレッシャーが押し寄せてきた。

「どうしますか？　お嬢さん？　逃げてもいいんですよ」

榊原が、露骨に挑発してくる。

「勝負よ」マッキーも緑色のコインをテーブルの上に投げた。鼓動が速くなる。目を閉じて、自分のカードをテーブルの上に置いた。

お願い！　お願い！　お願い！　マッキーは祈りながら目を開けた。

嘘でしょ……。

マッキーの手は、ジョーカーだった。なんで？　なんで、このタイミングでジョーカーを引くのよ？　目の前がチカチカと白くなり、気が遠くなる。

「……ごめんなさい」

椅子から立ち上がったが、膝《ひざ》がガクガクしてうまく歩けない。溶けてしまってこの世から消えたい。ヒロの顔をまともに見ることができなかった。

「しゃーない！　しゃーない！」輝男が、やたらと明るい声で励ましてくる。

泣きそうだ。悔しい……絶対勝てると思ったのに。

「物足りないですね。次のお相手は？」榊原が輝男に厭味ったらしく言った。

「わたしは嫌よ。人のを見てるだけでオシッコちびっちゃいそうなのに」ジェニファーが両手を振る。

全員、輝男を見た。

お願い、輝男ちゃん。仇《かたき》を取って！

え？　やめるって……。

「やめるわ」輝男が、あっけらかんと言った。

「負けっぱなしで逃げるんですか？　男らしくないですよ～」

榊原は、奪った二百万円分のコインをチャラチャラと鳴らした。

「うん。逃げます！」

輝男は、体操のお兄さんのように爽やかに言って、さっさと部屋を出て行った。マッキーたちも、呆気《あっけ》に取られながら後に続く。

「なんで闘わないのよ！」

マンションの廊下で、ジェニファーが輝男に詰め寄った。

「誰がやっても負けるからや」

「やってみないとわからないでしょ！」

「絶対に負ける」

「どうして？　運さえ良ければこっちだって」マッキーも納得がいかず、訊いた。

「運は関係ない」輝男が言い切った。「イカサマや」

「イカサマですって？　だって、カードを配ったのは榊原だけど、先に選んだのはアタシだし……」

「イカサマに間違いない」輝男が、無精髭を掻く。

「本当ですか？　全然、そんな気配はなかったんですけど……」ヒロが、首をひねる。

「あのおっさん、明らかに自分のカードがわかっとるわ」

「嘘？　どうやってよ！」

「麻雀で言うとこの『ガン牌』やな」

「何よ、それ？」

「カードの背に印をつけてるねん。数字がわかるようにな」

「でも、輝男ちゃんが最初に調べたんじゃないの？」

「たぶん、人間の目には見えない特殊なインクを使ってるんやろ」

マッキーは、ヒロと目を合わせた。

「メガネね」

「その可能性が高いな」

「マジかよ……許せねえ。ぶっ飛ばしてやる！」

「まあ、待てや」輝男が、ドアの前に立ってヒロを止めた。「もしメガネに仕掛けがなかったら、こっちが苦しくなる。負けたままで、マンションから強制退去させられるかもしれん」

「でもイカサマしてるのは間違いないんでしょ？」

「そのイカサマを逆手に取るんや」輝男がニヤリと笑い、声を潜めた。「二人とも、今から俺の作戦通りに動いてくれ。あの洒落《しゃれ》たおっさんにギャンブルの恐ろしさをキッチリ教えたろうや」

7

二百万のアガリか……。まあまあだな。

典型的な素人連中だった。特に最後のオカマはいとも簡単に引っかかってくれた。榊原は、メガネを外して目がしらのツボを揉《も》んだ。負けるわけがない。こっちはカードがわかっているのだ。

最初は榊原も客としてこのマンションを訪れた。そして、いとも簡単に三千万の借金を作ってしまった。家族も仕事も失い、残された道は『天竜会』の下で働くしかなかった。逃げることも考えなくはなかったが、いかんせんこの歳《とし》だ。それに肝心の金がなくては逃げる場所も限られている。

長年、高級ホテルのフロントマンとして養った物腰を買われ、ディーラーになった。どんな薬品を使っているのかわからないが、涼介が用意したカードを使えば、呆れるくらい簡単に勝てる。始めた当初は、相手を負かす快感もあったが、最近は退屈で仕方がない。

辞めたい。毎日、毎時間、毎分、そう思っていた。解放されるまで、あと何年間も涼介の下で働かなくてはいけない。耳を揃えて借金を返す以外、辞める方法がないのはわかっている。だが、来る日も来る日も、この閉鎖的な空間で過ごしているとストレスで胃に穴が空きそうだ。

一カ月前、一人のディーラーが逃げた。榊原と同じく、組に借金を抱えてここで働いていたのだが、仕事のキツさに限界が来て姿を消した。その男は、ここからいなくなってすぐに、高速道路のサービスエリアで、こめかみを撃ち抜かれた死体で見つかった。

このことについて、涼介は何も言わない。それが何よりも不気味だった。逃げれば自分も殺される。あのヒップホップ小僧は、蟻を踏み潰すかのように人の命を奪う。

諦めるしかない。借金の返済が終わるまで、囚人のように、ここで働き続けるのだ。

ドアが開いた。新しい客が来たとの連絡はない。さっきの奴らが戻ってきた？　たまにあることだ。冷静さを失った客が舞い戻ってきて、さらに負けを重ねる。

「マッキーさん！　やめた方がいいって！」

「離してよ！　おかしい！　絶対、納得いかないんだから！」

案の定、さっきの四人が部屋になだれ込んできた。

「どうしたんですか？」榊原は、すかさず営業スマイルを作った。

まさか、イカサマがバレたなんてことはないだろう。そう簡単に、この仕掛けを見破れるわけがない。

「アンタね！　イカサマしてるでしょ！」マッキーと呼ばれるオカマが、指をさしてきた。

表情を崩すな。バレるはずがないんだ。

「それは心外ですね？　どんな証拠があってイカサマだとおっしゃるんですか？」

「証拠は……証拠はないけど」

出た。敗者の見苦しい言い訳だ。自分が負けるはずがない、だから、イカサマに決まっているると言いたいのだ。その気持ちはわかる。榊原も三千万負けた夜は、荒れまくった。

とにかく、まだバレていない。榊原は、ほっと胸を撫で下ろした。

「カードに書いてるんでしょ！」

「何をですか？」

「数字に決まってるでしょ！」

「マッキーさん、落ち着いて」「マッキー先輩、怒ったらシワが増えるよ」

色黒の男前と赤いドレスのオカマがなだめる。

「落ち着けるわけないでしょ！　二百万も負けたのよ！」

「カードは調べたけど、何も仕掛けはなかったで」大阪弁の無精髭が言った。

こいつは少しはやるかと思っていたが、所詮《しょせん》、素人だった。何にも気づいちゃいない。オカマ一人が興奮している。楽勝だ。

「見えないインクを使ってるのよ！　そうに決まってるわ！」

正解。でも、見破れはしまい。

「もしかして、このメガネをかければ数字が見えるとでも？」

榊原は、メガネをオカマに渡した。

「そうよ！　そうに決まってる！」オカマが、メガネをかけてカードの背を見る。

「どうです？　数字が浮かび上がってきましたか？」

　オカマが、力なく首を横に振る。

「一枚だけじゃなく、どんどん見てくださいよ〜。今、その手に持っているのはジョーカーですよね？　英語で書いてありますか？　それともカタカナですか？」

　見えるわけがない。それは普通の近視用のメガネだっての。

『イカサマだとゴネる客にはメガネを渡せ』

　ここが涼介の凄《すご》いところだ。榊原は、少し視力は弱いが、メガネがなくても十分にテーブルを挟んでのカードぐらい見える。だが、あえてメガネをかけるよう指示されていた。イカサマだと疑う客を納得させるためである。

「ほらな、やっぱりイカサマなんかじゃないやろ」無精髭の男が言った。最初から緊張感のない軽い奴だ。

「もう一回だけ勝負する」オカマが、また椅子に座った。

「やめた方がいいですって！」色黒の男前が、泣きそうな顔になる。

「うるさい！　このまま逃げたくないのよ！」

　頭に血が昇っている。うまくいけば、こいつから有り金を全部巻き上げることも可能だ。

「どうします？　勝負しますか？」

「条件があるわ」

「何ですか？」

「カードを配るのを他の人にやってもらいたいのよ」

「オッケーですよ。わたしはイカサマなんてしてませんから」

「じゃあ、俺が配るわ」無精髭の男が、カードの束を手に取った。

誰が配ろうと問題ない。こっちにはすべてのカードの数字が見えているのだから。

『このコンタクトをつけろ』

ディーラーになった初日、涼介から渡されたコンタクトをつけると、カードの背に数字が浮かび上がった。思わず感心してしまった。ここまで仕組まれていたのなら、勝てるわけがなかった。このマンションは蟻地獄だ。一度、入ってしまったら無事に出ることはできない。

「じゃあ、配るで〜」無精髭の男が、ぎこちない手つきでカードを切った。

やれやれ。こんな素人たちが、なぜ、このマンションに来たのだ？

榊原はちらりと四人の顔を見た。どいつもこいつもマヌケ面だ。どうせ、噂を聞いてやってきた口だろう。最近、そんな客が増えてきた。おいしいシノギとは言え、あまり派手にやり過ぎると摘発されるのではないか？

余計な心配か。涼介のことだ。どうせ警察とも、うまく繋《つな》がってるに違いない。

テーブルにカードが二枚並んだ。当然、榊原だけ数字が見える。

ジョーカーとスペードの4。いきなりジョーカーか……。

「こっち!」オカマが、スペードの方を手に取り、額の前にかざした。

クソッ。ジョーカーを取れば、一瞬でケリをつけられたのに。ああ、面倒くさい。

榊原は、ジョーカーをかざした。この瞬間が一番退屈だ。自分だけがカードをわかっている。相手は必死になって勝負を挑んでくる。愚の骨頂とはこのことだ。

「二百万!」オカマが、意気揚々と黄色のチップを二枚投げた。

馬鹿か、こいつ? 一気に取り戻したいのはわかるが、駆け引きってものを知らないのか? オリるに決まってるだろ。

「強気ですね。まずはオリましょう」榊原はカードをひっくり返した。「助かった! ジョーカーじゃないですか! 今夜はよく出ますね〜」

「もう!」オカマが、悔しがってカードを投げる。

「マッキー先輩、惜しい!」

「流れが来てますよ」

何も知らずに仲間がはしゃぐ。外野は黙ってろよ。

きだ。


「輝男ちゃん、気持ちこめて配ってよ！」

「わかってるって」無精髭の男が再び、カードを切った。今にもこぼしそうな、危うい手つきだ。

「はい、どうぞ」

二枚、並ぶ。ジョーカーとハートの5。

また、ジョーカーだと？

「次はこっちよ！」オカマが、ハートの5を取った。

ジョーカーは榊原から見て左に置かれていた。さっきは右だった。

まさかな……。榊原は仕方なしにジョーカーをかざした。

男前の目が輝く。無精髭の男も唇を噛んでわざと無表情を作っている。明らかに素人の反応だ。

やっぱり偶然だ。これだからギャンブルは恐ろしい。ルーレットにしても、極端な目の偏りというのがある。赤と黒。確率が二分の一でも連続で片方の目が出続けることも珍しくないのだ。見えていて良かった。普通にやってれば大負けするところだ。

「百万！」オカマが鼻息荒く、チップを投げた。

それでも駆け引きのつもりか？　さっきよりも額を落としたのが笑える。

「嫌な予感がします。オリましょう」榊原はカードを見て、さっきよりも大げさに驚いてみせた。「またジョーカーですか！　心臓に悪いですよ！」

「クッソー！」

「マッキー先輩、賭け方がヘタクソ過ぎますよ！」

「だって、チャンスなんだもん！　イッキに取り返したいでしょ！」

残念でした。永久に取り返すことはできません。

「輝男ちゃん、次！」

「はいよ」榊原は目を凝らして、輝男の手の動きを見た。

怪しくはないが……。えっ？

配られたのは、ジョーカーとクローバーのキングだ。おいおい、待てよ！

「どっちにしようかな……」オカマが悩む。

ジョーカーを取れ！　いや、先に俺がキングを取れば……。

「こっち！」

一足遅かった。オカマがキングを取ってしまった。こんなことは初めてだ。三回連続でジョーカーが出るなんて……。しかも、運とは言え、全て回避されるとは。

「五百万！」オカマが、興奮して言った。

調子に乗りやがって！

「オリます……」榊原は、カードを机の上に置いた。

「マッキー先輩のバカ！　五百万なんて勝負してくれるわけないじゃん！」赤いドレスが吠える。

「でも、これで相手はオリられないわよ！」

わかってるって。次は何が出ようとも、数字の大きい方を俺が取らしてもらうけどな。

「さあ、次配って！」

「よっしゃ！」

あれ？　あれ、あれ？　榊原は輝男の手つきを見て、愕然とした。さっきまでとは別人のように、スムーズにカードを切っている。榊原もディーラーを始める前に必死に練習したからわかる。

こいつ、素人じゃない……。

8

マッキーは、輝男が配った瞬間、百人一首の名人のように素早い動きでカードを取った。

「あっ！」榊原が、顔を歪める。

やっぱり見えてるのね。

『必ず、俺が後から配ったカードを取ってくれ』

部屋に入る前、輝男が言った通りだ。三回とも榊原がジョーカーを引かされている。

輝男ちゃん、やるじゃないの！

まずは相手を騙《だま》すこと。それが重要だった。マッキーがキレ役になり、イカサマだと迫る。メガネに何の仕掛けもなかったのには驚いたが、証拠が見つからないのは輝男の予想通りだった。

輝男の指示はこうだ。カードを調べるフリをして、ジョーカーをカードの束の一番上に持ってくること。輝男がカードを配るのを榊原に了承させること。そして、ジョーカーを一番上に置いたまま、輝男にトランプを渡すこと。そうすれば、勝てると。

半信半疑だったが、どうやら輝男は、自由自在にジョーカーを出せるらしい。

「さあ、頭に飾りなさいよ。インディアンの羽根飾りみたいに」マッキーは、うなだれる榊原に言った。

榊原は、目の前のカードを見たまま、じっとしている。

ジョーカーなのね。でも遠慮はしないんだから！

「八百万、全部賭けるわ」

榊原の顔がぐにゃりと歪んだ。唇が震えている。

きっもちイイー！

「イカサマだ……こんなの認めてたまるか！」

榊原が、ダンディのかけらもなく、テーブルをひっくり返した。

「俺は払わんぞ！　インチキだ！」髪を振り乱して、下品に叫ぶ。

「往生際が悪いオジサマね」

ジェニファーがピンヒールを脱いだ。

あらま。出るわよ。

「ヒロちゃん、危ないからさがってて」

マッキーがヒロの腕を取り、部屋の隅に逃げた。

バギッ!!

もの凄い音がしてテーブルが真っ二つに割れた。ジャラジャラとコインが床にこぼれ落ちる。

「ひぃぃ！」

ジェニファーの前蹴りが炸裂したのだ。

榊原が腰を抜かした。

ヒロがポカンと口を開けたまま、立ちすくんでいる。

「次、顔面いっとく？」

ジェニファーが両足を踏ん張り構える。

「払います！　払います！」

榊原が四つんばいで、八百万の倍払いの千六百万円分のコインをかき集めた。

「二階に行けるカードキーもお願いね」

ジェニファーが、ヒールを履きながら言った。


「あー！　スッキリした！　最近、運動不足だったのよね」部屋を出たジェニファーが、爽快な顔で伸びをした。

「相変わらず、強烈なキックやな～。K－1行った方がええんちゃうか？」

輝男が身震いしながら言った。付き合ってる時に、浮気がバレて、一カ月入院させられたことを思い出したのだろう。

「嫌よ、わたしの尊敬する有名人はガンジーなんだから。非暴力！」ジェニファーがヒロをチラリと横目で見た。

ヒロは、化け物を見るような目で、ジェニファーをみつめている。

「輝男ちゃん、見直したわよ！　どこであんなテクを覚えたの？」マッキーは、感心して訊いた。

「簡単やで。手品の初級編や。トリックシャッフルって言って、どんだけ切ってもトップのカードが元に戻ってくんねん」

「それで、ジョーカーを一番上に置けって言ったんだ」

「一度ジョーカーの場所がわかれば、それの繰り返しやからな。でも、普通はあれだけ連続で出されたら気づくもんやけど、よっぽど調子乗ってたんやな、あのオヤジ。それだけ、二人の演技が効果的やったんやわ」

「輝男さん、ありがとうございます！　みなさんも本当にありがとうございます！」ヒロが、涙目でお礼を言った。

八百万に千六百万を足して二千四百万の勝利。早くも目標の額を四百万も上回っている。

「これで帰れたらいいのにね」ジェニファーが、チップを見て言った。

「そんなに甘くはないやろ。後、四階もあるし、どの部屋もイカサマが仕掛けられてるやろうしな」

「とにかく戦うしかないじゃない」

マッキーは、榊原から奪ったカードキーを、エレベーターの呼び出しボタンの横にある溝に差し込んだ。

エレベーターのドアが静かに開く。乗り込んで二階のボタンを押し、点灯させる。試しに他の階のボタンを押したが、点灯しない。

「金かかっとんな〜。誰がこんな凝ったもの作らしてん？」

輝男の言う通りだ。このマンションの設計者に異常な執念を感じる。きっと、このマンションで何人もの人間が大金を奪われたのだろう。

無事に帰れるといいけど……。

9

「相変わらず、ディープだね〜この街は」涼介が、後部座席で踏ん反り返って言った。「ファッキン・ベガスとは大違いだわ」

当たり前だろ。大国町とラスベガスを比べてどうすんだよ。風俗嬢とキャメロン・ディアスぐらい差があるよ。

鶴岡は、ベンツのハンドルを握りながらバックミラーを見た。

「こんなチンケな街、なるべくなら近づきたくねえよ。俺のラッキーパワーまでもが下がっちゃうって」

「ちょっとぉ、どこ触ってんのよぉ」

涼介は、隣に座っている女のドレスの胸元に、手を突っ込んでいる。どこかのキャバクラ嬢らしいが、驚くほどイイ女だ。

「へーイ。乳ぐらい揉ませろよ。運を上げたいんだよ」

「そんなので上がるわけないでしょ」女が、涼介の腕をつねる。

「アウチ！」と、涼介。

何だ、アウチって、その言い方？　日本人丸出しの顔で何言ってんだよ。聞いてるこっちが恥ずかしくなるぜ。

涼介は、今日も、ラッパー崩れの服だ。デカデカと《ＬＡ》のロゴが入っている紫色のキャップに、黄色いパーカー。パーカーの胸に、漢字で、《礼儀作法》と書かれている。外人受けがいいのか知らないが、よく平気な顔で着られるものだ。ちなみに、鶴岡は白シャツに黒ネクタイの地味な運転手ファッションだ。

「俺は女からエネルギーをもらってんだよ。ＪＦＫもモンローとファックしたからプレジデントになったの。騙されたと思って大人しく揉ませなさい」

涼介が、ケケケケと笑った。虫酸《むしず》が走る笑い方だ。

「だーめ！　お家に帰ってからのお楽しみだニャン」女が、猫なで声を出して、涼介の頬を舐めた。

ヤリマンが……。鶴岡は心の中で毒づいた。

この光景を見慣れてしまったなんて、屈辱的だ。鶴岡は、田舎の岡山では、暴走族の総長をやっていた。怖いものは何もなかった。周りの人間全てを暴力でねじ伏せてきた。ヤクザになるのは当たり前だと思っていた。

『天竜会』に入って二年。最初の一年は事務所の便所掃除。二年目になって、やっと便器から解放されたと思ったら、今度は、こいつの運転手だ。自由な時間は全くなかった。深夜、突然呼び出され、女の家まで送ったり、朝早くからゴルフ場まで送ったり……。もちろん、涼介がお楽しみの間は待っていなければならない。どれだけ腹がへっても、尿意を催しても、車を離れることは許されなかった。鶴岡にとって、その時間は最悪に耐えがたいものだった。

「エイ、ヨウ、一休さん。マンションに行く前、コンビニに寄ってよ」

涼介が、鶴岡のスキンヘッドの頭を後ろからツルンと撫でた。女がクスクスと笑う。

「はい！」鶴岡が、怒りを抑え、ハキハキと返事をする。

殺すぞ、ゴラァ。タイマンだったら絶対に負けないのによ！

このスキンヘッドの頭も、涼介の命令でさせられた。兄貴分の葉月と一緒に、二人揃って坊主頭だ。葉月とはウマが合い、飲みに行く度に涼介の悪口を言った。それを感じ取ってか、涼介は最近、葉月と鶴岡を執拗にネチネチと苛《いじ》めてくる。ちなみに、頭を剃ってからのアダ名は一休さん、葉月はらっきょだ。

このネズミに似た小男は、異常に敏感なのだ。防衛本能とでも言おうか、自分の敵を察知する能力に優れている。鶴岡がまだ便所掃除の頃、朝、事務所に行くと、一人の組員が便器に顔を突っ込んだまま死んでいた。誰が殺したのかはわからない。ただ、その組員は、酔った勢いで、涼介のことを『あのガキ、いつか殺してやる』と言ったらしい。その組員の死体は、鶴岡と葉月が滋賀の山奥に埋めに行った。

コンビニに着いた。

「エイ、ヨウ！　安全ヘルメット買いに行くぜ！」

「コンビニでヘルメット？」

「コンドームのことだよ」

「ヤダー！　涼介くんのエッチ！」

涼介はウキウキしながら女とベンツを降りた。初物の女なので機嫌がいいのだ。

もう少しの辛抱だ。もうすぐ、涼介は天国から一気に地獄に落ちる。

鶴岡は、携帯電話を出し、コンビニに目をやる。涼介が商品棚のカゲに隠れた。

今だ！　鶴岡は素早い手つきで携帯電話をかけた。

『今、どこや？』葉月が出る。

「近くのファミマっす。あと、五分もかかりません」

『ネズミは？』

「鼻の下を伸ばして女と買い物してます」

『コブつきかよ！　どんな女や？』

「キャバ嬢っす。いつも通りのアーパーな女っすけど……」

葉月の舌打ちが聞こえた。

「どうします？　日を変えますか？」

『アホ！　やるなら今日しかない。金庫に唸《うな》るほど金が入ってんねんぞ！　ちゃんと段取り通りに動けよ！』葉月が、一方的に電話を切る。

鶴岡は、コンビニを見た。涼介は、女とイチャイチャしながらレジに並んでいる。

やるのか……。武者震いがする。緊張で喉《のど》が渇く。唇もカサカサだ。

作戦を立てたのは葉月だ。話を聞いて、鶴岡も喜んでノッた。涼介の金を奪って、痛めつけてやるなんて最高ではないか。

銃は手に入らなかった。武器はナイフしかない。ポケットに忍ばせているが、なるべくなら抜きたくなかった。

族時代から、カッとなると自分でも抑えが利かない。このままではアイツを殺してしまうだろう。

コンビニの自動ドアが開いた。何も知らない涼介が、女の肩を抱き、有頂天で戻ってくる。

鶴岡は、運転席から降り、後部座席のドアを開けた。

「かたじけないのう、一休殿」

涼介が、ふざけて鶴岡の頭をまた撫でた。女が爆笑する。

絶対に、殺す。鶴岡は、引きつった笑顔でドアを閉めた。

10

二〇五号室。

ジェニファーが、この部屋がいいとゴリ押ししたのだ。

「五はアタシのラッキーナンバーなのよね」

「最初から言いなさいよ！」マッキーが突っ込む。

「いいじゃないですか。結果的には大勝ちしたんですし。次はどんなゲームですかね？」ヒロが弾んだ声で言った。さっきの勝ちで、気が大きくなっているようだ。

「さっさと行こうや」輝男が、アクビをしながら言った。こいつだけはマイペースだ。

エレベーターに使ったカードキーが、部屋にも使えた。

「たのもう～」

ドアを開け、輝男がズカズカと大股で入って行く。

「ちょっと、道場破りじゃないんだから！」

しかし、その図々《ずうずう》しさが今は頼もしかった。案内人の葉月は、各部屋ごとにゲームが異なると言っていた。当然、どの部屋も、隙《すき》あらばイカサマを仕掛けてくるだろう。

絶対に、見破ってやるんだから。

「いらっしゃいませ」

同じ顔の青年が二人いた。

双子だ。どこかの双子タレントのように、声までピッタリと揃っている。

「そっくり！」ジェニファーが、驚いて左右に首を振る。

二人とも歳は二十代前半。肩まで伸びたサラサラの長い髪、彫刻のように美しい顔。タキシードの着こなしまで全く同じだ。

二人ともカッコイイけど……なんか不気味……。イケメン好きのアタシが引くぐらい、この二人は似ている。

「ではゲームの説明をします。使うのは、このサイコロです」

双子は、同時にテーブルの上を指した。何の変哲もない、サイコロが二つ置かれている。

「まさかチンチロリンじゃないやろな。一個足りへんけど」

「二人一組のコンビを組んでいただき、私たちと対決してもらいます。後は順番に振るだけです。サイコロの目の合計が多い方の勝ちです」

「メチャクチャ簡単なルールね。これならアタシにもできそう」ジェニファーが、ニンマリと笑う。

ヒロも少しホッとした表情を見せた。

「ただし、コンビの二人が同じ数を出すと《ラッキー目》となります。例えば、私たちが一と一とのゾロ目のときは、あなたたちのコンビが五と四の合計九であっても、私たちの勝ちとなります」

「ラッキー目ね」輝男が鼻で笑った。「お互い《ラッキー目》やった場合の勝敗はどうすんねん？」

「それも数の合計が多い方の勝ちとなります。そして、《ラッキー目》で勝つと、その数字が倍率として賭け金にかけられます。賭け金の額は前のゲームに勝った《親》が決めることができます」

「どういうこと?」マッキーが双子に訊く。

「三の《ラッキー目》で勝つと三倍。六の《ラッキー目》で勝つと六倍になります」

「なるほどな。まずはサイコロを見せてもらおうか」

「もちろんです。気の済むまでどうぞ」

どこまで、声を揃えるのよ……演劇部じゃないんだから。もしかして、練習してるんじゃないでしょうね。

輝男は、サイコロを何回も転がしてチェックする。どうやら、問題ナシのようだ。

「では、二人一組になってください」

「どうしましょう?」ヒロが、輝男に訊いた。

「そやな……俺とマッキー。ジェニ子はヒロちゃんと組んでくれ」

意外なチョイスだ。オカマ同士の私とジェニファーか、恋人同士だった輝男とジェニファーあたりでくると思ったのに。

「ジェニファーさん、僕たちからやりましょう」

「では、私たちからいきます。賭け金は十万円からはじめます」

双子たちが、同時に、サイコロを振った。

サイコロが同時に止まる。

三と三。

「それはないよ〜」

「え？　いきなり、《ラッキー目》!?」ジェニファーが、すっとんきょうな声をあげる。

ヒロの顔色があっという間に悪くなる。

またイカサマ？　輝男も驚いた顔でサイコロを見ている。

「信じられない……。これに勝つには何を出せばいいのよ？」

ジェニファーがサイコロを持った。ヒロも慌てて、もう一つのサイコロを握る。

「四以上の《ラッキー目》が出れば、あなたたちの勝ちです」双子がまたまた声を揃えて言った。得意気な顔まで瓜二つだ。

「お願い、神様！　出して！」ジェニファーはヒロを待たずに、一人で振った。四が出た。

「やった！　祈りが通じたわ！」

ジェニファーが、飛び上がって喜ぶ。

「何、喜んでるんですか？」

「次、アンタも四を出せば、こっちの勝ちじゃない！　四倍よ！」

「無茶言わないでくださいよ！」ヒロが、泣きそうな顔で言った。

「男なら気合で出しなさいよ！」

「……わかりました。出ろ！」ヒロが勢い良く振った。

出目は一だった。

「何よ、それ！　根性なし！」ジェニファーが、ヒステリックに叫ぶ。

「……すいません」ヒロがうなだれる。

「私たちの勝ちです。では十万の三倍払いで、三十万いただきます」

「賭け金が低くて良かったですね」ヒロが、チップを三枚テーブルの上に置いた。

「アンタが言うんじゃないわよ。ホント、引きが弱いんだから」

ジェニファーの厭味に、ヒロがショボンとする。

「次は俺たちから振らしてくれや」輝男が、サイコロを握り、一つをマッキーに渡した。

さっきの《ラッキー目》は単なる偶然なのだろうか？　しかし、ジェニファーたちも同じサイコロを使った。双子たちは、投げてから一度も手は触れていない。

「それでは《親》の私たちが賭け金を設定します」双子たちが、百万のチップを仲良く一枚ずつ置いた。「二百万でお願いします」

ヒロの顔が青ざめる。「マッキーさん！　勝ってくださいよ！」

ここは勝負に集中しよう。運だけの勝負なら負けないいんだから。

「アタシからいくわよ」マッキーは、念をこめてサイコロを振った。

五だ。悪くない。

「頼むで～！」輝男が手の中でサイコロを揉み、落とした。

テーブルの上でバウンドし、コロコロと転がる。

六が出た。

「惜しい～」ジェニファーが子供のように地団駄を踏んで悔しがる。「でもいい目ですよ！合わせて十一よ！」

確かに相当いい目が出た。この場面で六を出すなんて、さすがギャンブルの天才だ。

双子たちは、顔色ひとつ変えずにサイコロを手に取った。妙な動きはない。

「では、いきますね」

双子たちが、間に鏡でも挟んでいるかのように同じモーションで投げた。サイコロが止まるタイミングまで同じだ。

五と五が出た。

マッキーの背中を寒いものが走り抜けた。

双子の間に起こる不思議な現象は聞いたことがある。離れた場所に住んでいても、片方が体の調子を崩したら、もう片方も悪くなったり、別々に買い物に行っても同じ服を買っていたり……。

サイコロの目まで一緒なの？　そんなことってありえる？

負けは二百万の五倍払い。一瞬にして、一千万を失った。

11

まいったな……こりゃ。

輝男は、シャリシャリと無精髭を掻いた。

ヒロが震える手で、一千万円分のチップを双子たちに渡した。残り、千三百七十万円。まだ、元金よりは多いが、精神的ダメージが大きい。

もしかして、三回連続の《ラッキー目》もあるのか？

輝男は、じっくりと双子たちを観察した。

どんなイカサマだ？　まず考えられるのは《グラサイ》。いわゆるサイコロ自体にイカサマの細工を仕掛けている物だ。鉛や鉄粉で、重さのバランスを調整し、特定の目が出易《でやす》くすることができる。だが、今回に限ってそれはない。本物のサイコロと《グラサイ》をすり替えなければならない。双子たちにそんな素振りはなかった。

……いくらなんでも三回連続はないはずや。

「おい、双子の兄ちゃんたち、賭け金を訊いてからやめてもええんか？」

「問題ありません」双子は同時に、背筋をピンと伸ばして答えてきた。

スカしやがって……このガキゃぁ。双子だけに二倍腹立つわ。よし、賭け金が低けりゃ勝負や。

もし、《ラッキー目》が三回続けば、イカサマと判断しよう。

「次はなんぼや？」

「二百万です」

さっきと同じか……。もし、イカサマで確実に勝てるなら賭け金を上げるはず……。上げてこないということは、イカサマではないのか？　ここはやるしかないやろ。

「勝負や」輝男は、サイコロを手に取った。「その代わり、二個とも俺が振ってええかな？」

「問題ありません」

後悔すんなや。

輝男は、手の中でサイコロをチャラチャラと鳴らした。

この音が肝《きも》だ。今から、振りますよ～、イカサマはしてませんよ～とアピールする。

わせる。

「いくで〜」投げのモーションに入る。時間にして〇・五秒。その刹那《せつな》、手の中で、目を合

一と一。この二つの目を出すために、何万回もサイコロの練習をした。

麻雀のイカサマテクに、《二の二の天和《テンホー》》というのがある。《天和》とは、最初の配牌の時点で、どんな役でもいいから勝手に手が完成されている神様任せの《役満》だ。これを意図的に出すために、狙った牌を山に仕込み、サイコロの二を出す。対面の仲間が、もう一度、二を出せばイカサマ成立だ。但《ただ》しこの技は、全自動の卓では使えないし、協力者がいないとできないので、ほとんど実戦で使う機会がない。使ったところで、思いっきり疑われるし。

ギャンブルの神様が輝男に微笑んだ。狙い通り、一と一が出た。

「よっしゃあ！」輝男は、大げさにガッツポーズを作った。

「キャア！　ラッキー目よ！」マッキーが、後ろから抱きついてくる。

「輝男さん、すげえ！」

「では私たちも振りますね」

双子たちが投げのモーションに入る。怪しい素振りは何もない。

双子たちの手から、サイコロが転がり落ち、止まった。

信じられないことに、四と四だった。

「嘘……」ジェニファーが、虚《うつ》ろな目で呟く。

ヒロが、口を開けたまま、顔面蒼白になる。

どないなってんねん！　輝男はテーブルの上のサイコロを手に取り、何回も振った。二と五。四と一。一と六。本物のサイコロだ……。

こいつら、自力で同じ目を出してやがる。

「イカサマなんてしてませんよ」双子たちが同時にクスリと笑った。「私たちいつも同じ目になるんです」

お手上げだ。もしそれが本当なら、無敵じゃねえか。

「ギブアップしよう」輝男は、下唇を噛んだ。

12

『オカマたちが、部屋を移動しました』

二〇五号室の双子からの電話だ。

「勝ったのか？」葉月は、双子に訊き返した。声だけでは兄なのか弟なのかわからない。もちろん、見てもわからないが。

『千八百三十万、抜きました』

「さすがだな」

『いえ、私たちは何もしてませんので。では、失礼します』双子のどっちかが、謙虚に言って電話を切った。

あの双子のサイコロの餌食《えじき》になったか。可哀相に。

もちろん、これもイカサマだ。だが、今まで仕掛けを見破った奴はいない。サイコロに特殊な磁石が入れてあるのだ。それも六種類も。一面ずつ別の磁石だ。粉末にした磁石は目の塗料に巧妙に混ぜられていて、見た目では絶対に気づかれることはない。その磁石はテーブルから流れる電流に反応して止まる。すなわち、電流の強さによって思い通りの目が出せるのだ。電流の操作は足で行う。テーブルの下にスイッチがあり、相手には死角になっていて見えない。

涼介は、この仕掛けを作るのに六千万円の大金をかけた。それよりも葉月が感心したのは、あの双子に整形手術を受けさせて、より、そっくりにしたことだ。どれだけ巧妙な仕掛けを作っても、客に疑われたらお終《しま》いだ。次からは誰も勝負してくれなくなる。双子が持つ不思議な能力だと思わせることで、イカサマから目を逸《そ》らさせているのだ。整形手術代を合わせると億近い金額になるが、当然、とっくに元は取っている。

オカマたちの金がなくなるのも時間の問題だな。このペースだと、三階に行くまでにマイナスになるだろう。マンションを出るころには借金が一億か？　二億か？　四人で背負うにしても相当な額になる。

ま、俺には関係ねえけどな。

もうすぐ涼介がやってくる。そしたら、脅して金庫の金を奪ってトンズラだ。

逃亡先はジャマイカに決めていた。青い空、赤い太陽、エメラルドグリーンの海。ハッパも大量に吸ってやるぜ。ジャマイカに飽きたらアメリカに渡ってマイアミで暮らすのも悪くない。

葉月は警備室にいた。客を案内しない時は、ここで待機しなければいけない。各部屋にいるディーラーとのやりとりもこの部屋でおこなう。

マンションで唯一、この場所だけを気に入っていた。モニターでマンションのすべてを監視することができ、神になったかのような錯覚を与えてくれるからだ。

玄関前に、見覚えのあるベンツが止まった。

涼介だ。

やっとご登場かよ。葉月は、タバコを灰皿に押しつけた。

13

残り五百七十万円……。かなりヤバいわね。

マッキーは、二〇五号室のドアを閉めた。

「どうして逃げるのよ！」

ジェニファーの怒鳴り声がマンションの廊下に響く。

「深追いは危険や。勝てへん勝負を続けてもしょうがないやろ」輝男が、ぼやく。「誰や、五がラッキーナンバーって言ったのは？」

「ちょっと、わたしのせいにしないでよ」ジェニファーがムッとする。

「やっぱりイカサマなんですか？」ヒロが、不安げな声を出す。

「間違いないやろ。いくらなんでも、三回連続《ラッキー目》はありえへんわ」

「なんとかなんないの？　天才ギャンブラーなんでしょ？」ジェニファーの勢いは止まらない。

「誰がそんなこと言ってん」

「自分でしょ！　いつも酔っぱらって言ってたじゃん！」

「言うか！　そんな恥ずかしいこと、いつ言ったよ？」

「毎晩よ！　ギャンブルで稼いだ金でポルシェを買うのが夢だとか、ギャンブラーで貯金してるのは俺ぐらいだとか、さんざん聞かされたわよ！」

「やめろ！　それ以上言うなー！」

　この二人は……仲がいいんだか悪いんだか。

「はいはい。ケンカしてる場合じゃないでしょ。ヒロちゃんのお金が減っちゃったんだから、取り返さないとね」マッキーが手を叩いた。

「よろしくお願いします……」ヒロが幽霊みたいな顔で言った。

「ちょっと、そんなに落ち込まないの！　不幸のオーラが出まくってるわよ！　さあ、気を取り直していくわよ！　次はどの部屋にする？」

　さっきの部屋で勝てなかったので、同じ二階から選ばなければならない。

「ヒロちゃんの好きな数字は？」

「……四です」

「四？……変わってるわね」

「幸せの四とも言うやんけ！　はりきっていこうや！」輝男が、無責任に励ます。完全に他人事《ひとごと》だ。

二〇四……嫌な予感がするわよ。マッキーは、カードキーを差し込んだ。

「いらっしゃいませ」

二〇四号室のディーラーは、車イスに座ってマッキーたちを迎え入れた。小柄な男だった。目が糸のように細い。短く刈り上げた髪に薄い唇。突き出た頬骨。細い口髭を綺麗に揃えている。

男の前に、麻雀の自動卓があった。

「調子はいかがですか？　この部屋のディーラーを務めさせていただきます、李《り》です。よろしくお願いします」男が、露骨な営業スマイルで言った。

李？　中国人？　それにしては、流暢《りゅうちょう》な日本語だ。

李が、マッキーに握手を求めてきた。

ここは闘いの場よ。誰が握手なんか。

「美しいお嬢さんは大歓迎です。私、とっても嬉しいです」

……あら、お世辞がうまいじゃない。

マッキーは思わず握手をしてしまった。体の割に手が大きい。硬くゴツゴツしている。

「みなさん、ギャンブルがお好きなんですか？」李が、全員に愛想よく笑った。

「好きじゃなきゃ、こんなとこまで来ないわな」輝男が無精髭をシャリシャリと掻く。

「それはアンタだけでしょ？　こっちは人助けで来てるんだから」ジェニファーが突っ込む。

「人助け？」李が、訊いた。

「こっちの話よ」ジェニファーが言い返す。

ヒロは申し訳なさそうにうつむいたままだ。

「私も人のために賭けをしたことがあります。父親の借金のため、チャイニーズ・マフィアと麻雀をしました。おかげで、その日から大地を歩けなくなりました」

「じゃあ、その車イスは……」

「殺されなかっただけマシです」李が、悟りきったように微笑んだ。

ギャンブルのために足を失ったの？　義足かしら？　それとも銃で撃たれて下半身不随とか……。

「さっさとゲームの説明をしてや」輝男が言った。

「わかりました」李が、テーブルにあるスイッチを押した。

ウィィインと微《かす》かなモーター音が聞こえる。自動卓の中から、麻雀の牌がせり上がってきた。

「麻雀か。やっと実力が発揮できるな」輝男が嬉しそうに、にやける。

「ちょっと待ってよ。輝男ちゃんはまだしも、アタシたち麻雀なんてできないわよ！」マッキーは、李に抗議した。

「俺も学生の時にかじっただけです」ヒロも自信なさげに言った。

「わたしなんてドンジャラしかやったことないってば」ジェニファーも怒鳴る。

「麻雀の牌を使うだけです。ルールは簡単ですよ」李が笑みを浮かべる。

「まず、牌を調べさせてくれ」輝男が、牌の山から何個かをひっくり返す。

「ご自由に」李が、余裕を見せる。

「まあ、簡単に言うと、麻雀牌を使ったロシアン・ルーレットになります」李が、ルールの説明を始めた。

ロシアン・ルーレット？　すでに逃げたくなってきちゃった……。

「なんか、めんど臭そうやな〜。普通の麻雀がしたいわ」輝男が、文句を言う。

「黙って聞きなさいよ」ジェニファーが後ろから輝男の頭を叩いた。

「痛てえな！　何すんねん！」

「痛くないでしょ、軽く叩いただけなんだから」

「ええ加減、自分の馬鹿力を自覚しろよ。いつか人を殺すぞ」

「馬鹿って何よ！」ジェニファーが輝男にローキックを入れる。

「だから痛いって！　足が折れたらどうするねん！」

「折れるわけないでしょうが！」

「さっき、机を真っ二つにしたやろ！」

またケンカだ。摑《つか》み合いまでやりはじめた。

「仲間割れはやめてくださいよ……イテッ！」

止めに入ったヒロの目に、ジェニファーの手が当たる。

「もういいから！　ルールを聞きなさい！」

マッキーが怒鳴った。チームワークもへったくれもない。

「ケンカするほど仲が良いといいます」李が輝男の髪を引っ張るジェニファーを見て笑った。

「アンタも笑ってないでルールの説明しなさいよ！」

「非常にシンプルです」李が、テーブルの牌を使って、ゲームの説明を始めた。「まずサイコロで勝った先攻から、牌を山の好きな場所から取っていきます。牌の数字が獲得金額になり、基本は一牌が、×十万です。例えば……」

李が三萬をテーブルの上に置いた。「これなら三十万。引き続き次の牌を引きます」

続いてを置く。「これなら五十万。今のところ獲得金額は八十万ですね。そして字牌の……」

李が、東南西北を牌の山から選び出し、四つ並べる。

「トン、ナン、シャー、ペーのどれか一つでも出れば終了。後攻が八十万を支払わなければいけません。次は交代して後攻が同じようにゲームをします」

「三元牌は？」輝男が、訊いた。

「何よ、サンゲンパイって？」

「ハク、ハツ、チュンだよ」輝男が□[發][中]を選び、並べた。

「三元牌は、このゲームを盛り上げるためのスリルたっぷりの牌となります。まず□を引いてしまうと、いくら牌を積み重ねていても、その回の金額はゼロになり、相手と交代しなければなりません」

「うわっ。最悪ね……この牌って一つだけ？」ジェニファーが顔を引きつらせる。

「どの牌も四つある」輝男が、答える。

「ゲッ……引いちゃいそう」

「やめてくださいよ。縁起でもない」ヒロが、また泣きそうな顔になった。

「[發]を引くと、その回の獲得した金額分を相手に支払わなければなりません。そして相手と交代です」

「マジ？　じゃあ、せっかく大金をゲットしてても意味ないわけ？　そういうのに限ってアタシ引いちゃうのよね……」ジェニファーが、また縁起でもないことを言った。

「だから、やめてくださいってば！」ヒロが、ジェニファーを睨みつける。

「中を引いたら、サイコロを振ってもらいます」李が、嬉しそうに言った。

「もしかして……」輝男が顔を歪める。

「サイコロの数字を獲得した金額にかけてもらい、それを相手に支払わなければなりません」

「エグいな。確かにロシアン・ルーレットやわ」

　ルールは簡単だけど……勝てるかしら？

「どうする輝男ちゃん？　このゲームで勝負する？　違う部屋に移る？」

「そやな……」輝男が、無精髭を掻き、考える。「やろか。俺、ここに来る前、麻雀に勝ったばっかしやし、それに……」

「何よ？」

「俺は牌に愛されてるからな」

　……だ、大丈夫かしら？

　ゲームが始まった。

　トップバッターは輝男だ。

「負けたらボコボコにするからね」

ジェニファーの、脅迫に近い応援を受けて、輝男はサイコロを振った。

サイコロの目は六。李のサイコロは二。先攻は輝男だ。

「よっしゃあ！　ついてるやんけ！」

何の根拠があるのかわからないが、輝男が拳を握って喜ぶ。

「先攻と後攻、どっちが有利なんですかね？」ヒロが、ぼそりとマッキーに言った。

「わかんない……運次第よ」

敵のイカサマがなければね。マッキーは、そう言おうとしてやめた。これ以上、ヒロを不安にしても可哀相だ。

李が、テーブルのスイッチを押した。

新しく混ぜられた牌の山が、ゆっくりとせり上がってくる。ここまでは、雀荘の自動卓とほぼ変わらない。

「輝男ちゃん！　頑張って！」

「まっかせなさい！」

マッキーの応援に、輝男が手を振って答える。

「負けたら関節技をキメるからね」

「お前はうるさいって」

「あまりプレッシャーをかけない方が……」

ジェニファーの応援に、ヒロがやんわりと注意する。

「さてと。がっぽりと稼がしてもらおうか」

輝男が、一牌目を引いた。タン、と乾いた音をさせて牌をテーブルの上に置く。

東だった。

いきなり交代？

「あらっ」輝男が、照れくさそうに、頭を掻く。

「何やってんのよ！　一円も稼いでないじゃないの！　どこが牌に愛されてるのよ！」ジェニファーが歯を食いしばって怒る。

「東は太陽が昇る方角です。最初にしては縁起のいい牌ですよ」敵の李が慰める。

「やかましい。ごたくはええから早く引けや」輝男が、イラついて言い返した。

李が引いた。輝男とは対照的に静かに牌を置く。
だ。
「……七十万ですか？」ヒロが弱気な声を出す。

「まだまだ始まったばかりや。焦ったらアカン」輝男が、言い聞かすようにヒロに言った。

李が、二牌目を引く。

が出た。

「四十万……」

「早くも百万を超えたわね」

「頼む……《中《チュン》》出てくれ！」ヒロが祈るように手を合わせた。

「まずまずですね」李が、ほくそ笑み、三牌目を引いた。

だった。

「九十万……合わせて二百万だ」ヒロが、よろめく。

四牌目で、やっと北が出た。

「こんなもんでしょう」李が、輝男から二百万のチップを受け取り、にこやかに笑顔を作った。

「反撃開始や！」輝男が、勢いよく牌を引いた。

「輝男ちゃん、取りかえしてよ！」

「まかせんかい！」

輝男が卓に、牌を叩きつける。

發だった。

「ありゃ？」

「何よ！　それ！　ヘタクソ過ぎるわよ！」ジェニファーが、後ろから輝男の首を絞めた。

「運やねんからしょうがないやんけ！」

「字牌って、来る時は連チャンで来るんですよね……」ヒロが、独り言のように言った。

「そうなの？」マッキーが、ヒロに訊く。

「麻雀をやったことがあればわかるんですけど、字牌ばっかりを掴まされる時ってよくありますよ。字牌だけの役があるくらいですからね」

「そうそう！　俺、さっき《大三元《だいさんげん》》であがったしな。どうも、まだその余韻が残ってんのかな？」

　輝男が、性懲りもなく、ヘラヘラと歯を見せる。

　字牌は、東南西北□發中の七種類が各四枚ずつの計二十八枚のはずだ。確率で言えば、輝男は相当運が悪いことになる。

「勝ってから歯を見せな！」ジェニファーが輝男の耳を引っ張った。

「イテテテ！　わかった！　次で取り返すから！」

「百年河清《かせい》を俟《ま》つ」李が、言った。

「何や、それ？」

「中国のことわざです。黄河の濁流が澄むのを待っていてもキリがないという話です」

「どういう意味やねん？」

「ありえないことを期待してもしょうがないということです。アナタはワタシに絶対に勝てない」

「ちょっと、輝男ちゃん、舐められてるじゃないの！」

「ほほう……言うやんけ」

輝男の眉毛がヒクヒクと動く。

李が、牌に手を伸ばす。

を引いた。

「まず、六十万」李が間髪入れずに二牌目を引いた。

だ。

「これで、百十万」

そして、三牌目は。

「これはこれは、連続でピンズですか。百三十万になりましたよ」

「ピンズって何？」マッキーが、ヒロに訊いた。

「丸いマークの牌の呼び名です」

「ちなみに、この丸は貨幣を表してます。この牌がでると、お金に好かれているみたいで気分がいいですね」李が、厭味たっぷりにニヤついた。明らかに、輝男を挑発しているのだ。

「雑学はええから、早く引けや」輝男が、イラつきながら言った。

「では、遠慮なく」李が、次の牌をめくる。

なんと、だった。

「またもや二百万になりましたよ」

「やめてくれよ……」ヒロが、目を閉じた。

「どんどんいきますよ」

信じられないことに、李は八萬、、八萬と八十万を三回連続引き当てた。

「何だよ！　それ！」ヒロは、発狂寸前である。

「逆にチャンスでもあるじゃない。これで中でも引けばこっちに大金が入ってくるのよ」

ジェニファーのプラス思考も虚《むな》しく、李は、南を引いてゲームを終了した。

「計、四百四十万です」

さっきの二百万を合わせると六百四十万……。

え？　て、ことは？

「七十万の赤字です……」

ヒロが、絶望的な顔で言った。

14

「中国で八はとても縁起のいい数字なんです。それが三回も続くなんて、勝利の女神は私に微笑んでるようですね」

にこやかにチップを集める李の顔を見て、輝男は確信した。

こいつもイカサマだ。李の顔は、ギャンブルをしている人間の顔ではない。最初から勝ちを確信している者の顔だ。

いつも騙しといてなんだが、騙されるのは胸クソ悪い。しかも、タネ銭がアカに突入してしまった。そろそろ反撃に出たいが、いかんせん、イカサマの仕掛けがまだわからない。

「チップを追加しますか？」李が、言った。

「追加しなきゃ、このマンションから出られないんだろ？」

「その通りです。いくらにします？」

「三千万だ」

「ちょっと！」マッキーが、声を上げた。

「借りるのは、ヒロちゃんなのよ！　もう少し低くしといた方がいいんじゃないの？」

「それは素人の考えや。ギャンブルの法則として、軍資金が多い方が有利やねん」

「さんざん負けておいて、なに偉そうなこと言ってんのよ！」ジェニファーが、キンキン声を出す。

「どっちみち借りるのは一緒やろ？　そもそも、一千万でこのマンションに来るのが間違ってるねん」

「すいません……」ヒロが、謝る。「俺が、三千万、借ります」

「ヒロちゃん、無理しなくていいのよ」マッキーが、ヒロの肩に、そっと手を置いた。

「いえ、自分が蒔《ま》いた種ですから……。どっちみち、明日までに二千万用意しないとヤクザに殺されますし」

「では、三千万の借用書を書いてもらいます。当然、連帯保証人はあなた方の三名になりますけどよろしいですね？」

やはり、そうきたか。こいつら、どんなことがあっても、借金を回収するつもりだ。

「え？　アタシは嫌よ！　両親からオカマになってもいいけど、連帯保証人にだけはなるなって言われてるんだから。絶対に三人も必要なの？」マッキーが、ごねる。

「ありえないんですけど」ジェニファーも腕を組んで頑《かたく》なに拒否をした。

「このマンションのルールになっております。借入れの場合、参加者全員に連帯保証人となってもらいます」

「そんなルール聞いてないわよ！　ずるいわ！」

「ルールはルールですから」李は、一歩も引く気配はない。

「必ず俺が全額返します」ヒロが、マッキーに深々と頭を下げた。

マッキーが、助けを求めるように輝男を見る。

輝男は、頷《うなず》いた。このマンションは、ヤクザが経営しているのだ。負けている時に、揉めたくない。勝ち続けなければ、マンションを出られないというルールを、こっちは受け入れたのだ。そこを突かれると、よけいにややこしくなる。

「わかったわ。やるしかないのね」マッキーが、半ば諦めたかのように言った。

「マッキーさん！　いいんですか？」ジェニファーが驚いてマッキーを見る。

「他に方法がないんだからしょうがないじゃない」

「すいません……迷惑ばかりかけて。たとえ借金が残っても、俺が一生をかけて返します！」ヒロが、本当に涙を流して言った。

当たり前だ。キチンと返してもらわなきゃ困る。

「輝男ちゃんはどうする？」

「ヒロちゃんがそこまで覚悟を決めてるんやったらしゃーないな」

このまま引き下がっては、ギャンブラーとしてのプライドが許さない。

「わかったわよ……お父さん、お母さん、ゴメンなさい」ジェニファーも折れた。

「では、借用書に記入をお願いします。判子は拇印で結構です」李が、いつの間にか自動卓の上に、借用書を置いていた。

ちゃっかり、用意してるのかよ。たぶん、これまで何人もの人間が書かされたに違いない。

気合を入れ直さなアカンな……。まずは、李のイカサマを見破ってやる。

15

「喉がカラカラなんだけど」

全員が借用書を書き終えた後、ジェニファーが言った。

連帯保証人なんてシャレになんないわよ……。お父さん、お母さん、親不孝なアタシをどうか許してください。

「冷蔵庫の中にドリンクが入っています。お好きな物をどうぞ」李が、三千万円分のチップを用意をしながら言った。ご丁寧にも、十万、五十万、百万と細かく分けてくれている。

「ジュース一本いくらよ?」マッキーが、李を睨みつけた。

「無料ですよ」李が、笑いながら答える。

何、笑ってんのよ! まったく、気分が悪いわね。マッキーは、キッチンに行き、冷蔵庫のドアを開けた。

「輝男ちゃん、何飲む?」

「何があるの?」

冷蔵庫の中には、飲み物が一通り揃っている。

「何でもあるわよ。ビール、ウイスキー、日本酒と……コーラに、ジンジャーエールに、ウーロン茶に、ミネラル・ウォーターに」

「ビールちょうだい」輝男が、ヤケクソ気味に言った。

「アルコール飲むの?」

「飲まなきゃやってられへんわ」

「わたしもビールでお願いします!」ジェニファーが、元気よく手をあげる。

「アンタ、まだ飲むの?」

「はい!」

コイツだけは……。

「飲もうっと」マッキーは、ため息を飲み込み、缶ビールを三本手に取った。「ヒロちゃんは？」

「ウーロン茶でお願いします」

「マッキー、投げてくれ」輝男が、手を広げた。

「もう、せっかちね。今、持っていくわよ」

「いいから投げろ。早く飲みたいんだよ」輝男が、李に見えないように、ウインクした。

どういう意味よ？　また何か企《たくら》んでんの？

「早く！」輝男が、しつこくウインクする。

マッキーは、手に持っていた缶ビールをポイッと投げて渡した。ゆるやかな弧を描き、缶ビールが宙を舞う。

輝男が、缶ビールをわざと受けそこない、床に落とした。

「もーう！　ちゃんと捕りなさいよ！」ジェニファーが、缶ビールを受けそこなった輝男を注意した。狙いはわからないが、ここは李に悟られないように輝男に合わすのだ。

マッキーが投げた缶ビールは、コントロール良く飛んでいった。簡単にキャッチできたはずだが、輝男は確かに手を引っ込めた。

一体、何をする気？

輝男はおもむろに、缶ビールのプルトップを引き開けた。

ちょっと、そんなことしたら……。

プシュー！　輝男の手から、白い泡が勢い良く吹き出した。

「わわわわわ」輝男が、慌てて、缶ビールに口を近づけるが、泡は容赦なく溢《あふ》れ出してくる。

慌てるあまり手を滑らせて、缶ビールを自動卓の上に落っことした。

ビールが、ドボドボとテーブルの隙間に流れ込む。マッキーたちはあまりの唐突な輝男のドジっぷりに、口をポカンと開けるしかなかった。

「何やってんだ！　おい！」李が、青い顔で缶ビールを拾いあげたが、テーブルの上はびしょ濡れで、自動卓の中にまでビールが染み込んでいる。

「壊れたらどうするんだよ！　弁償できるのか？　おい！」李が、完全に冷静さを失っている。

「はい。もちろん、弁償します。知り合いの業者から三十万で買えるんで」輝男が、しれっと言い返した。

「そんな安いわけねえだろうが！」李が、顔を真っ赤にして怒った。

「え？　そんなもんやろ？　な？」輝男が、こちらを振り返って、またウインクしてきた。

「そ、そうよね。だいたいそれぐらいかしら」マッキーが、適当に答える。

これまでの人生の中で、麻雀の自動卓の値段など考えたこともないけどね……。ジェニファーとヒロも、輝男の意図を感じ取ったのか、うんうんと頷いている。

「これは特別な卓なんだよ！」李が、今までの冷静な態度とはうって変わって、拳で卓を叩いた。

「特別？」輝男が鋭くツッコむ。

「……高級ってことだよ」

「へーえ、そうなんや。そんな風には見えへんけどな。ま、弁償の話は後にして、次の勝負にいこうや」

「できるわけないだろ！　完全に壊れたよ！」

「ゲームに支障はないんちゃう？　牌さえあればできるねんから。ヒロちゃん、トイレットペーパー持ってきてや。濡れてるとこ拭くから」

「は、はい」ヒロが、トイレに走った。

「もうゲームは終わりなんだよ！」李が、乱暴に牌の山を崩した。

「なんでやねん？　テーブルの機械が使えなくても、手積みで牌を積んだらええやんけ。簡単なゲームなんやろ？」

「それはルール違反で……」李が、輝男に問い詰められて口ごもる。

自動卓にイカサマが仕掛けてあるの？　とにかく、ここは輝男ちゃんの援護射撃に回らなければ！

「そうよ！　そうよ！　やりなさいよ！　ねぇ？　ジェニちゃん？」

「勝ち逃げは許さないんだから！」マッキーとジェニファーは、必要以上に大声をだした。

「わからねえ奴らだな。終わりって言ってるだろ！　他の部屋に行けよ！」李が、車イスを動かし、逃げるように部屋から出て行こうとした。

「どこ行くのよ」ジェニファーが、李の行く手を遮り、車イスを止めた。「まだこれからじゃない」

「おい、姉ちゃん。あんまり調子に乗るとケガするぞ」李が、ジェニファーの顔に、キス寸前まで自分の顔を近づけ威嚇しはじめた。

「臭いわよ」

「あん？」

「口が臭いって言ってるのよ。歯医者に行った方がいいんじゃない？」

「オレは歯医者が大嫌いなんだよ」

「あのね、冗談じゃなしに本当に臭いのよ。アナタのためを思って言うけど、今までも、これからも、いろんな人に口臭で迷惑をかけると思うわ」

「どうも、すいませんね」李が、ハーッと息をジェニファーの顔に吐きかけた。

「オエッ」ジェニファーが、吐き気をもよおして鼻と口を押さえた。彼女にとってどうしても我慢できないものがこの世で二つある。足の臭い男と、口の臭い男だ。

離れているこっちまで匂ってきた。確かに臭い。生ゴミの匂いだ。

ジェニファーが拳を握りしめた。

あーあ。知らないわよ……。

「あん？　なんだよ、その顔は？　俺のこと殴りたいのか？」李が、ジェニファーに挑発的にアゴを突き出す。

なによ、その態度！　ジェニファーも、わなわなと拳を震わした。

「ジェニ子、アカンぞ」

輝男がトイレットペーパーを持ちながら言った。どうやら、テーブルのビールは拭き終えたらしい。

さすがのジェニファーも、車イスの人間を殴るわけにはいかない。大きく息を吸い込み、拳を下ろした。李の後ろに回り込み、車イスを押して強制的にテーブルの前に戻す。

「おい！　やめろ！　やらねえって言ってるだろ！」

この李の動揺っぷり……イカサマに間違いないわ。

「よし、手積みでやるで～。マッキーも手伝ってや」輝男が、ジャラジャラと両手で牌を混ぜはじめた。

「李さんも混ぜんでええの？」

李は、輝男の挑発に乗らず腕を組んで拒否した。

「ほな、オレらだけで積もうか」輝男がサクサクと牌を積んでいく。マッキーも、輝男の手つきには及ばないが、一生懸命追いかけて積む。

あっと言う間に牌の山ができた。

「よし」輝男が、息つく暇なくサイコロを振った。

四だ。

「李さんも振ってくださいよ。先攻、後攻を決めましょうや」

しかし、李は腕を組んだままだ。

「振らないんなら、オレが先攻でええの？」

「勝手にしろ」李が、吐き捨てるように言った。

「では遠慮なく」輝男が、一牌目を引いた。

九萬が出た。

やっと、まともな牌が出たわ。マッキーは、ほっとして胸を撫で下ろした。

「いきなり九十万！　いい感じやね～」輝男が、鼻の穴を広げて二牌目を引く。

だ。「いいね～いいね～」

三牌目、。「来てるで～」

輝男が調子に乗って、ドンドン牌を引く。、、、、、。

ちょっと、輝男ちゃん……明らかに何かやった？

「ざけんな、こらぁ！」李が、車イスから立ち上がり、自動卓をひっくり返した。

「……立てるの？」

ジェニファーが、口をあんぐりと開けた。

「完全にイカサマじゃねえか！」

「そういうアンタこそ歩けるの？」

「うるせえ！　お前らだけでやってろ！」李が、ずんずんと大股で歩いて、また部屋を出て行こうとする。

「また逃げるの？　李さん」ジェニファーが、ずいっと立ち塞《ふさ》がる。

「李じゃねえよ！」

「中国人ってのも嘘なの？」

「だから何だ？　文句あるのか？」李が、ファイティングポーズをとり、軽いステップを踏みはじめた。「鼻をへし折られたくなかったら、そこどけよ。こう見えても俺は、ボクシングで日本ランキング三位までいったんだよ」

ジェニファーがニコリと笑った。

李の右拳がうなりをあげて、ジェニファーの顔面を襲う。

一瞬だった。

マッキーの動体視力では、何が起こったのかわからなかった。

李が後ろにぶっ飛ばされたことから判断すると、ジェニファーの攻撃が決まったらしい。

「おっそい、パンチ」

ジェニファーは腰を落とし、拳を突き出したポーズで言った。

「すっげー、カウンター」輝男が口笛を鳴らす。

「あ、泡ふいてますよ……」ヒロが、気絶している李を見下ろして言った。

「水月にモロに入ったからね〜」

ジェニファーが、埃《ほこり》でも払うかのように両手をパンパンと合わせた。

「スイゲツって何よ？」

「みぞおちの急所ですぅ」

マッキーの質問に、ジェニファーがブリッ子で答える。

「輝男さん、何してるんですか?」ヒロが、輝男に訊いた。

輝男はゴソゴソと、李がひっくり返したテーブルの天板を外そうとしている。

「今後のためにも、イカサマの仕組みを確認せなアカンやろ」輝男が、力任せに引っ張り、天板を外した。

「何じゃ? こりゃ?」輝男が、自動卓の中を見て、驚きの声をあげた。

「何? 何? どうしたの?」マッキーは、輝男の背中越しに自動卓を覗き込んだ。

自動卓の中は、複雑なケーブル類や、マイクロチップみたいな物、何かのセンサーみたいな物でひしめいていた。

「すっごい複雑……自動卓の中って、こんな感じなの?」

「いや、全然違う。……ここまでやるか」輝男が、驚きを通り越して、感心した顔で言った。

「金のかけ方が、ハンパじゃないわ。これは百万、二百万の仕組みじゃないで」

「あれを見て!」マッキーは、車イスを指した。タイヤの横にある側板の内側に、スイッチやダイヤルが見える。「……電動式の車イスじゃないよね?」

「車イスからイカサマを操作してたみたいやな」

「ちょっと、ハイテク過ぎない? なんなのよ、このマンション!」ジェニファーがテーブルを蹴り上げる。

「ヤバい相手を敵に回したみたいやな……」

「吐きそうっす」

ヒロが口を押さえてトイレに駆け込んだ。

「とりあえず、この部屋から出るぞ」

「チップを貰っていきましょうよ」ジェニファーが、床に散らばる李のチップを拾おうとする。

「それは、やめた方がええな」

「どうしてよ！　こいつがイカサマしたのよ！」

「けど、暴力でチップを奪ったら強盗と一緒やろ」

「輝男ちゃんの言う通りよ。このマンションはヤクザが経営してるのは間違いないんだから。金を奪うのはギャンブルでだけよ」

「そうだけど……」ジェニファーが、子供のように頰を膨らます。

「あったわ。さあ、行くわよ」マッキーは、カードキーを見つけた。

「ヒロちゃん、大丈夫？」

ジェニファーがトイレに駆け寄った。ドアをノックするが返事はない。

「開けるわよ」トイレのドアを開ける。「あれ？」

「どうしたの？」

「……ヒロちゃんがいないんだけど」

「なんでやねん」

マッキーと輝男は、トイレへ走った。

ジェニファーの言う通り、トイレにヒロはいなかった。

「外の空気を吸いに行ったんちゃうか？」

マッキーたちは、マンションの廊下に出たが、そこにもヒロの姿はなかった。

「アイツ、逃げたな」

「逃げようにも、カードキーがないんだから……」

「マッキー……」輝男が、二〇四号室のドアを指した。

ドアには、一枚の小さな紙が、貼り付けられていた。

《マッキーさん　輝男さんへ
わざわざ罠にハマっていただきまして、ありがとうございます。借金の返済、頑張ってくださいね。亀頭さんがよろしくと言ってましたよ。　ヒロ》

亀頭？　マッキーの脳裏に、あのチンピラのデカいホクロが甦《よみがえ》る。

……ヒロは、亀頭の仲間だったのだ。

16

「誰や？　亀頭って？」輝男が、呑気な声で言った。

「覚えてないの？　輝男ちゃんが私の店で、やっつけたチンピラよ！」

「あのホクロ野郎か？」

「そうよ。アタシたちに借金を背負わすことが目的だったのよ」

メンツを潰された亀頭は、この日のための餌として、ヒロをマッキーの店へと送り込んだのだ。マッキーへの餌は、イケメン。輝男への餌は、ギャンブル。二人ともいとも簡単に、ホイホイと引っかかってしまった。

「ホンマかいな……」

さすがの輝男も、驚いた様子を隠せずにいた。

「どうりでおかしいと思ったのよ！　せっかく親から借りたお金を、ギャンブルで増やそうなんて！……何で信じちゃったのかしら」

「男前だったからですね」ジェニファーが、ポツリと言った。

「その通りよ。言わないで」

「今は、このシャレにならへん状況をどうクリアするかや」

「そんなの簡単よ！　借用書を破棄してしまえばいいのよ！」

ジェニファーが、カードキーを二〇四号室のドアに差し込んだ。しかし、ドアは開かない。力一杯、ドアを叩いたが何の反応もない。もう、泣きそうだ。

「ヒロを捕まえろ！」

輝男が、エレベーターへと走る。マッキーたちも続いた。

エレベーターの階数表示が一階になっていた。ヒロが、降りたのだ。マッキーは、カードキーをエレベーター横にある読取機に差し込んだ。

反応なし。エレベーターのドアはピクリともしない。

「どうなってんのよ！」

「敵の方が一枚上手やな。しゃーない。次、行こか」輝男が、首をコキコキと鳴らした。

「とりあえず、三階へのカードキーを手にいれようぜ」

「まだギャンブルをやる気なの？」

「やらんことには、このマンションから出られへんやろ」

そうだった。勝ち続けないといけないのだ。現在の借金は三千万円。マンションを出る頃には、どれだけ増えているのか見当もつかない。

「ねえ、さっきの葉月って案内の人に、謝って許してもらうのは無理かしら？」

「許してくれたとしても、三千万の借金は残るやろな。相手は、ヤクザやぞ」

まさに蟻地獄だ。

「わたしが葉月をぶちのめしましょうか？」

「やめとけ。わざわざ本職を敵に回してどうすんだ」

「じゃあ、どうすればいいのよ！」

「勝つしかない」輝男が、二〇五号室のドアを開けた。

「二〇五？　この部屋は双子のサイコロでしょ？　さっき負けたじゃない！」

「負けっぱなしで逃げるわけにはイカンやろ。さっきの借りを返させてもらおうや」

「何か秘策を思い付いたの⁉」

「いや、何にも」

輝男は、マッキーからカードキーを奪い、二〇五号室のドアに差し込んだ。

「お帰りなさい」

二〇五号室。双子たちは、驚いた表情を見せることなく、マッキーたちを迎え入れた。

やっぱり、声は揃えるのね。マッキーは、敵意を剥き出しで、双子たちを睨みつけた。

サイコロの目が、毎回二人とも同じなどということは、物理的にありえない。必ずこの部屋にも、イカサマがある。それを見破らない限り勝ち目はない。

「よっしゃあ！　リベンジさせてもらおうか！」輝男が、大げさにバキバキと指を鳴らした。

「負けたら、背骨へし折るからね」ジェニファーが、さらに大きな音で指を鳴らす。

「おい！　いきなりオレのモチベーション下げてどうすんねん！」

「この借金は、アタシたちのなんだからね！　今から三千万稼がなきゃなんないのよ！」

「わかってるがな。じゃあジェニ子、オレとコンビ組んで」

「え？　私がやるの？」

「元恋人同士の愛のパワーを見せつけてやろうぜ」

「いや、愛はもうないし」

双子たちは、ジェニファーと輝男の夫婦漫才のようなやりとりを、ニコニコしながら見ている。

ずいぶんと余裕じゃないの。アンタたち、もう少し緊張感を持ちなさいよ。

結局、輝男とジェニファーのコンビで挑むことになった。

「双子ちゃん、賭け金はどうする？」

「まずは十万からでいいんじゃないですか？」双子が提案した。

さっきのパターンと同じだ。ここから連勝して、賭け金を上げていくのだ。

「そっちが先でええよ」輝男が、双子に先攻を譲った。

ヤバい。オシッコ漏れちゃいそう。

マッキーは、身震いした。今から勝負する金は、自分たちが背負わされた借金だ。このサイコロの目次第で、何倍もの額に膨れ上がるかもしれない。

「では、いきます」

双子が、同時にサイコロを振った。

五と五が出た。

「もうー！　どうなってんの？」ジェニファーは、悲鳴を上げた。

いきなり《ラッキー目》なんて絶対にイカサマだ。六の《ラッキー目》を出さない限り、五十万円の負けになる。

「まだ始まったばかりや！」

輝男が、双子の振ったサイコロを手に取った。

「神様！　お願い！」輝男が、サイコロを両手に挟んで拝み始める。

か、神頼みなの？

「どりゃああ！」輝男が、気合丸出しでサイコロを振った。

出た目は2だった。

ちょっと……。

「よし！　ジェニファーも気合でいけ！」輝男が吠える。

「て、言うか負けが決定してるじゃない！」

「あ、そうか……」

ダメだ。輝男は、完全に空回りしている。全く勝てる気がしない。

「惜しかったですね」双子が、五十万のチップを奪い取った。「次の賭け金は、五百万にさせていただきます」

マッキーは卒倒しそうになった。明らかに、こっちの息の根を止めにかかりにきている。

「輝男ちゃん……オリるしかないわね」

「大丈夫！　俺に任しとけ！」

「やるの？　何を言い出すのよ！　この馬鹿！」

「どうしますか？」

「やる！　次はそっちから振って！」輝男が暴走している。

「では、振ります」双子が、遠慮なしにサイコロを振った。

「あ、ダメ！」ジェニファーが止めようとしたが、一足遅かった。

「どうして勝負するのよ！　どうせ、《ラッキー目》に決まって――」

双子が出した目は、六と二だった。

双子の顔色が変わった。もしかして、輝男がイカサマを見破ったのだろうか。

「反撃開始やな」輝男がニヤリと笑った。「二個とも俺が振らしてもらうで」

輝男が、サイコロを振った。双子たちが身を乗り出す。

サイコロが止まった。一と一の《ラッキー目》だ。

「……これって、勝ったの？」マッキーは啞然《あぜん》として輝男を見た。

「ああ。五百万ゲットや」

「キャアー！　勝っちゃった！」ジェニファーが、輝男に抱きついた。

「クソ！」双子の右側が、舌打ちをした。

「おい、冷静になれ」左側が、慌てて注意する。

声が揃っていない。よっぽどショックなのだ。

「輝男！　次の賭け金はどうする？」

今度は、こっちが決められるのだ。ここは一気に勝負をかけたい。

「やめるわ」

「え？」ジェニファーの膝が、ガクッと折れる。

「引き際が肝心やろ。とっとと払ってや、五百万。あとカードキーもな」輝男が、勝ち誇った顔で双子に言った。

「なんで勝負しなかったの？　イカサマを見破ったんでしょ？」

マッキーは、二〇五号室を出てすぐ、輝男に詰め寄った。

「見破ってはいない」

「どういうこと？」

「こういうこと」輝男が、握っていた左拳を開いた。

手のひらの上に、サイコロが一つある。

「……すりかえたの？」

輝男が、悪戯《いたずら》っ子のように笑ってみせた。

いつのまに……。すぐ隣にいたジェニファーも、まったくわからなかったようだ。

「麻雀の自動卓のイカサマを見た時にピーンときてん。双子のサイコロも大がかりな仕掛けをしているに違いないってな。案の定、サイコロの一つをすりかえたら、《ラッキー目》が出なくなったやろ？」

「どうりで……急に神様なんて言うからおかしいと思ったのよ」ジェニファーが呆れたよう

に言った。

「でも、よくサイコロなんて持ってたわね」

「持ってなかったよ。借りてきてん」

「どこからよ？」

「ニセモノ中国人」

「あっ」マッキーとジェニファーは、同時に声を上げた。

そう言えば、麻雀勝負の時も順番を決めるのにサイコロを使っていた。輝男は、あのサイコロを盗んできたのだ。

「イカサマの仕掛けはわからなくても、奴らが機械に頼っている以上、こっちはアナログで勝負や」

「ちょっと待って。じゃあ、さっきの勝負はたまたま運で勝ったってこと？」

「そうなるな」

マッキーは、驚きのあまりひっくり返りそうになった。

「危なかったじゃない！　一歩間違えば、こっちが五百万払うところよ！」

「もし、外してたらぶっ殺してるところよ！」

「五十パーセントの確率やからいけるかなと」

輝男が、顎鬚《あごひげ》をシャリシャリと掻いた。「これ以上、続けるのは危険やけどな」

「それ、何の確率よ？」

「一と一なら狙って出せるねん」

「どうして？」

「猛特訓したからに決まってるやろ」

「……どうせ、イカサマに使うためでしょ？」ジェニファーがため息をつく。

「まあ、何でもええがな。勝ったからよしとしようや」輝男が、意気揚々とエレベーターに向かって歩きだした。

残りの借金、二千五百五十万円。長い夜になりそうだ。

17

「エイ、ヨウ！　どう？　このビッチ。ヤバいくらいホットじゃね？」

涼介が、若い女とマンションに入ってきた。

何、言ってるかわかんねえよ。

葉月は、無理やり笑顔を作り、涼介を迎えた。

涼介は、いい女も悪い女も〝ビッチ〟と表現するので、ややこしい。

女は、典型的な涼介のタイプだった。栗色の巻き毛に、濃すぎるギャルメイク。付け睫毛《まつげ》が異常に長い。胸元の開いたピンクのドレスの下から、網タイツの足を伸ばし、色気を撒《ま》き散らしている。確かにいい女だが、明らかに頭が足りなそうだ。どうせ、どこかのキャバ嬢か、風俗嬢だろう。

「どうでした？　ラスベガスは楽しめましたか？」

「ファッキン、クールな街だったぜ。二億近く負けちゃったけどな」

「え～もったいない～。ユカリにも頂戴よ～」女が、鼻にかかった声で、口を挟んできた。「スリーベースしか打ってない女に、大事なマネーはあげないの。ホームランを打ったら考えてもいいけどね」

「スリーベースとかホームランって何よ？　野球？」

「いいから、いいから」

涼介は、大げさに手を叩いて下品に笑う。スリーベースは〝愛撫〟、ホームランは〝セックス〟の隠語だ。

エロネズミめ。もうすぐ俺が踏み潰してやる。

「タバコ吸っていい？」女は、飛び出しそうな胸の谷間から、ソフトケースのメンソールを取り出した。

いつもなら、こんな女はどうでもいいのだが今夜は別だ。何せ、今から涼介の足を撃ち抜く予定なのだ。騒がれたらやっかいだ。ギャーギャー悲鳴を上げられた挙げ句に、警察でも呼ばれてしまったらシャレにならない。

女は鶴岡に任せて……。あれ？　鶴岡がいない。

「鶴岡はどうしたんですか？」葉月は、焦りを隠し、涼介に訊いた。

「駐車場にファッキン・ベンツを停めに行ってるぜ」

駐車場にわざわざ停めるなんて、涼介のやつ、長居するつもりなのか？　用事は金庫の金を取るだけのはずだ。

「亀頭のリベンジの相手はどうなった？」

「李が三千万の借金を背負わしました」

涼介が満足そうに笑って、女の肩に手を回し、胸を揉んだ。

「いやーん。もう～」女が、身をよじる。

ブチ切れそうだ。

いっそのこと、撃ち殺してやろうか。どうせジャマイカに逃げるのだ。これ以上、こいつらと同じ空気を吸いたくない。

「遠慮すんじゃねえぞ」涼介が、ぬっと葉月の顔を覗き込んだ。

「な、何がですか？」葉月の声が、思わず裏返る。

「リベンジ相手だよ。そいつらがゾンビになるまで絞りとれよ」

「……わかりました」

「俺にもタバコくれよ」

女が、吸いかけのタバコを涼介にくわえさせる。

「トイレどこ？」女が葉月に訊いた。

「部屋の奥にあります」

葉月は、管理人室を指した。

涼介が、紫の煙を吐き出しながら葉月をじっと見ている。

葉月は、心の中を覗かれているような気がして、思わず視線を逸らしてしまった。


鶴岡は、マンションのすぐ近くにある、月極《つきぎめ》の駐車場にベンツを停めた。

手が震えて、うまくシートベルトが外せない。涼介が怖いんじゃない。人を刺し殺すかもしれない自分が怖いのだ。

一曲だけ聴くか。鶴岡は、カーステレオにＣＤを差し込んだ。

長渕剛のしゃがれた声に目を閉じる。

内緒で持ち込んだCDだ。涼介が聞くヒップホップはうるさくてしょうがない。

CDを止め、ベンツのドアを開けた。少し迷った末、ナイフをダッシュボードに放り込む。

やっぱり、ナイフはやめよう。男のケンカは素手だ。涼介をぶちのめして、女を縛り上げれば、葉月も銃を使わなくて済むだろう。

急ぐか。葉月が待っている。

ベンツの外に出た鶴岡は、小走りでマンションに向かおうとした。

「……黒木さん？」

鶴岡は、足を止めた。駐車場の入り口に、白髪の男が立っている。

「へえ。俺の名前知ってるのか？」白髪の男が言った。低く、ざらついた声だ。

「そりゃあ……もう……」

顔を見たのは一度だけだったが、白髪の頭が印象に残っていた。年の頃は、おそらく四十前後。白い肌に、薄い眉。深海魚のように、どんよりとした目は、何の表情も映し出さない。細身だが、ガッチリとした肩幅で、しなやかな筋肉を身にまとっている。

黒木は、涼介が使っているヒットマンだ。組に属しているのかは知らないが、ここぞと言う時に、涼介はこの男を呼び出す。

もしかして……今が、そうなのか？

鶴岡は、黒木が、目の前でサイレンサー付きの銃を構えていることに、ようやく気がついた。

冷たい汗が、全身から噴き出す。

涼介にバレていた？　ちくしょう。こんな所で、くたばってたまるかよ。どうすれば助かる？

タックルで転がし、銃を奪うしかない。

鶴岡は、素早い動きで黒木の足を狙った。

読まれていた。

黒木の膝が、鶴岡の顔面にめり込んだ。

アスファルトに転がったのは、鶴岡の方だった。折れた鼻から、ドクドクと生あたたかい血が流れだす。

黒木が、鶴岡の眉間《みけん》に銃口を向けた。

18

マッキーたちは、三階に着いた。

「ラーメンでも食べたいですね」ジェニファーが腹をさすった。

「確かに小腹がすいたわね。部屋に食べ物あるかしら？」マッキーは、エレベーターを降りて言った。

「絶対あるって」輝男が断言した。

「何で言い切れるわけ？」

「お客さんに気持ちよく負けてもらうためや。飲み物もあったやろ？」

「そういうものなの？」

「ラスベガスのホテルでも、大負けした客は無料でスイートに泊めるねん」

「行ったことあるの？　ラスベガス」

「あるわけないやんけ。英語喋《しゃべ》られへんし」

「何よ、それ？」

「ギャンブルは日本で十分。さてと、大勝ちして焼肉でも行くか！」

この男、現状をわかっているのかしら？　それとも、ギャンブルでの借金に慣れているのか？

「マンションを出る頃には朝よ。焼肉屋さん開いてないって」ジェニファーが、舌打ちをする。

「じゃあ、寿司にしようや。朝いちでおいしいとこ知ってるねん」

「お寿司？　賛成！」ジェニファーが、両手を挙げて喜んだ。

もしかすると、この二人は究極の楽観主義者なのかもしれない。

「どの部屋にする？」

「五でええやん。二〇五号室で勝ったし。縁起を担ごうや」

三〇五号室のディーラーは太った女だった。

「いらっしゃいませ。この部屋を担当させていただきます、珠美《たまみ》と申します」女が、深々と頭を下げた。

ものすごい巨体ね……。

映画『ミザリー』のキャシー・ベイツそっくりだ。服装は、白シャツに蝶ネクタイ。黒いベストに黒スカートのいわゆるディーラー風のスタイルだ。

部屋の真ん中に、ルーレットの台が置かれていた。

「へーえ、ぐっとカジノっぽいやん。燃えてくるわ」輝男が、興奮した口調で言った。

「アタシ、ルーレットなんてやったことないんだけど。映画で見たことはあるけど、ルールもまったく知らないし」

「大丈夫！　めっちゃ簡単やって！　とりあえず初心者は赤か黒かに賭けたらええねん。それやったら確率は、ほとんど二分の一やろ」

「ほとんど？」

「0と00の穴に入ったら赤も黒もないねん」

輝男の言う通り、ルーレットの盤の目に、0と00がある。

「まあ、やればすぐ慣れるわ。ねえ？　ディーラーのお姉さん」

「普通のルーレットならそうですけども、この部屋のルールは違います」珠美が、言った。

「またかいな。どういうルールやねん？」

「通常とは逆なのです。つまり、ルーレットに玉を入れるのがお客様。私がチップを賭けます」

「マジ？」輝男が、心底驚いた顔で大声を出した。「ほんまに？」

「はい」珠美が、笑顔で答える。

「そんなに驚くことなの？」ジェニファーが輝男に訊いた。

「当たり前やん。どんなギャンブルでも親が圧倒的に有利やねんぞ」

怪しい。この部屋もイカサマの匂いがプンプンするわ。

「ルーレットのチェックした方がいいんじゃない？」マッキーは、輝男に言った。

輝男が、ルーレット盤を回し、白い玉を投げ入れる。玉はカラカラと乾いた音を立てて転がり、黒の31に落ちた。もう一度、盤を回して玉を入れる。赤の14。

輝男は、何度も試したが、玉に別に怪しい動きはなかった。

「問題ないやろ……」

「では、始めましょうか」

「玉を入れてからのベットの変更ありか？」輝男が、意味不明な質問をした。なによ、ベットって！　ベッドなら好きだけど。

「なしでいいですよ」

「マジかいな！　強気やな！」輝男が、また驚く。

「何？　どういうことよ？」ジェニファーがすかさず突っ込む。

「普通は、玉がルーレットに入ってからでも、チップを追加したり、賭けた場所を変更してもいいねん。上級者なら、玉の動きでだいたい落ちる場所がわかるからな」

「玉が止まるギリギリに変更してもいいわけ？」

「ギリギリはアカンよ。回ってる途中でディーラーがテーブルを撫でる合図をしたらチップを置くのをストップする決まりやねん」

「アンタ、ラスベガスに行ったことないのに、何でそんなに詳しいわけ？」ジェニファーが突っ込んだ。

「ミナミの裏カジノで、ちょっと……」輝男が、顎鬚を掻く。「とにかく、ベットの変更なしってのは、このお姉さんが、ますます不利になるってことや」

「ちょっと輝男ちゃん、ベットってなに？」

「賭け金のことや」

「正々堂々と勝負しましょう」珠美が笑顔で答えた。

「ディーラーは誰がやる？」輝男が、玉を指でつまんだ。

「輝男ちゃんがやってよ」

「誰がやっても一緒やから、ジェニ子がやってくれ」

「嫌よ。怖いもん」

「何が怖いねん！　玉を入れるだけやんけ。俺は、お姉さんが怪しい動きをしないか見張りたいねん」

「あらっ、失礼ですね。イカサマなんてしませんわ」珠美が、ちょっとすねた顔をする。

「マッキー先輩、やってくださいよ！」

「え？　アタシ？」

「この女をギャフンと言わせてください」

「マッキー、頼む」

「……わかったわよ。やるわ。ルールを説明してよ」マッキーは、珠美を睨みつけた。

「勝負は五回ワンセットです。つまり、五回ルーレットを回した後のチップの多さで、勝敗が決まります。途中でのディーラーの交代は認められません」

「トータルで勝てば四階へのカードが貰えるわけね」

「勝てばですけどね」

あら、生意気にも挑発してくるのね。

「グルグル回すわよ〜」マッキーは、自分でもよくわからない言葉で気合を入れて、勢いよくルーレット盤を回した。「さあ、張れるもんなら張ってみなさいよ！」

「まずはルージュで」珠美が迷わず、十万のチップをテーブルの《赤》のスペースに置いた。

「ルージュ？」

「赤のことや。ちなみに黒はノワールって言うねん」

「だから、なんでアンタそんなこと知ってるのよ？」ジェニファーが半ば軽蔑した目で見る。

「いつか、ラスベガスに行く日が来ると思って……勉強した」輝男が、少し照れる。

「どんな夢よ」

「いいから、とにかく、黒を出せ」

「わかってるわよ！」マッキーは、ルーレット盤に玉を投げ入れた。シャーッと滑るように玉が盤上を回る。

お願い！　黒黒黒黒黒！　黒が出て！

マッキーは手を合わせて念じた。ルーレット盤の回転スピードが弱まり、カラカラと玉が落ちる。

黒の4に入った。

「やったわー！」ジェニファーが飛び上がって喜んだ。

こ、これでいいの？　なんだか、あっけない勝負だ。

「喜ぶのはまだ早いで。後、四回残ってるねんから。しかも、赤と黒を当てたとしても配当は一対一や」

「え？　じゃあ、今の、たった十万の儲け？」ジェニファーの声のトーンが落ちる。

「そう。こんなのリードしてるうちに入らへんやろ？」

輝男の言う通りだ。まだ、たった十万円しか勝っていないのに浮かれても仕方がない。

「同じくルージュに二十万」珠美が、また《赤》にチップを置いた。

マッキーは、二回目のルーレットを回し、玉を入れた。

再び、女神がマッキーに微笑んだ。

玉が、黒の33に落ちる。

「二十万ゲット！　マッキー先輩ってば天才！」

ジェニファーが手を叩いてはしゃぐ。

やめてよ、その気になるじゃない。

「さあ、次いこ」ジェニファーの興奮をよそに、輝男が、冷めた口調で言った。

「アンタね、ちょっとは人を乗せなさいよ！」

「ルージュに四十万」

しつこく、珠美が《赤》に張ってきた。三十万円勝ってるから、これで負けてもマイナス十万円でしかない。まだ余裕はある。

マッキーは、ノリノリでルーレットを回した。

玉が、黒の10に落ちた。

「すっごーい！」ジェニファーが抱きついてきた。

三回連続の黒。これで七十万円の勝ちだ。

しかし、珠美は全く動じていない。

「ルージュに八十万」

せこい張り方ね。これで勝っても十万しか……。ん？　さっきと同じ？

マッキーは、不穏な空気を感じつつ、ルーレットを回した。

玉は赤の9で止まった。

四回目にして、珠美の勝ちだ。

「ドンマイ！　マッキー！　まだ十万しか負けてへんぞ！」輝男が、励ます。

そうなんだけど……。

「ルージュに百六十万」珠美が、チップを《赤》に置いた。

この女、さっきから倍々に賭けてきてる？

黒が三回続けて出たのだ。赤が連続で出てもおかしくはない。

手のひらに、ジットリと汗が滲《にじ》んできた。

五回目のルーレットを回した。これで、勝負が決まる。ここで勝たないと四階には行けない。

黒！　出て！　お願い！

マッキーは、転がる玉の行方を必死で見守った。

「うわ……」ジェニファーが、呻《うめ》くように声を洩らした。

赤の1に玉が落ちたのだ。

最悪……。

頭の中が、真っ白になった。三勝二敗で勝ち越したのに、終わってみれば、マイナス百七十万円だ。

「惜しかったな」輝男が、マッキーの肩に手を置いた。

「いい勝負でした」珠美が、勝ち分のチップを受け取る。

「次、ジェニちゃんが回して」

「アタシですか？」

「だって勝てる気しないんだもん」

「そんな……弱気にならないでくださいよ！」

「そう言うなって。負けた時は誰でもへこむもんや。ジェニ子がマッキーの仇を取ったれ」

「輝男はやらないの？」

「俺はまだ見学や」

輝男は、まだイカサマを見破ってはいないらしい。

「やってみるけど……負けても怒らないでよ」

ジェニファーが、自信なさげに玉を受け取った。

19

もう少しの我慢よ。

管理人室のトイレ。

新堂ユカリは、洗面台の冷たい水で首筋を濡らした。

胸の中にある恐怖を追い出すかのように、大きく息を吸いこむ。蛇口は開いたままだ。水がジャバジャバと勢い良く排水口に流れていく。

もう少しで、天野涼介を逮捕できる。

麻薬取締官になって三年。はじめての、おとり捜査だ。

涼介は、一年も前から、麻薬取締部からマークされていたのだが、中々、尻尾を掴ませないでいた。毎回、捜査の網が張られた瞬間に、スルリと逃げてしまう。頭がキレる上に、危険を察知する能力が、ずば抜けて高いのだ。

唯一の弱点が女だ。

だからと言って、こんな格好させなくても……露出狂じゃないんだから。

鏡の中にいる女は自分であって自分でない。慣れない濃い化粧で、顔が痒《かゆ》い。ドレスも卑猥だ。網タイツも生まれて初めて装着した。なんなのよ、この感覚。すかすかして、ざらざらして……。とにかく、落ち着かない。このマンションに来るまで、どれだけ涼介に胸を揉まれたことか。

作戦を立てた上司を恨む。

ユカリは、二十九歳。独身だ。彼氏いない歴二年。ハッキリ言ってこの仕事のせいだ。先週も実家の母親から、『素敵なお見合いの話があるわよ。四十二歳の歯医者さん。写真で見たけどすごくいい人そうよ。ちょっと太ってるけど』と電話があった。

母さん、この格好見たら卒倒するだろうな。

ユカリは、口うるさい母親が、泡を吹いてぶっ倒れる姿を想像してクスリと笑った。ほんの少し、緊張がほぐれた。

ユカリは気を引き締め直し、蛇口の水を止めた。

ハンドバッグの中には、ベレッタM84が入っている。もちろん、護身用だ。今まで人に向けて発砲したことはない。射撃訓練でもダントツに成績は悪かったし、いざ、ピンチの時にとっさに使いこなせるか、全く自信がなかった。そもそも、ユカリのキャリアで、今回の仕事は、大抜擢にもほどがある。実のところ、単に、女性で若い捜査官がユカリしかいなかったからという理由だが。

マンションのまわりを総勢二十名の取締官が張っている。異例の大捕り物だけに、失敗は許されない。ユカリの任務は、覚醒剤を確認するだけでいい。情報では、このマンションに隠しているはずだ。どうやら、各部屋で非合法の賭博が行われているようだが、それはこっちの管轄ではない。とにかく、覚醒剤のありかさえわかれば、胸揉み地獄から解放される。

ここまでは完璧だ。涼介は、鼻の下を伸ばし、ユカリのことを頭の足りないキャバクラ嬢だと思い込んでいる。やはり、上司が用意したこの服装が功を奏したのだろうか。

だからと言って、Tバックまではく必要ある？

ユカリは、スースーする下半身のせいで集中力が途切れないように、ピシャリピシャリと、頬を叩いた。

もう少しで大声を出すとこだった。鏡の中に白髪の男の顔が見えたからだ。

こいつ、いつの間に背後に？

「もーう！　ビックリした～」

ユカリは、とっさに、鼻の奥から甘い声を出して振り返った。

白髪の男は表情を変えず、じっとユカリを見ている。

しまった。悲鳴ぐらいあげた方が自然だったか？

「トイレ占領してゴメンね～。ガマンしてた？」

バカっぽく、バカっぽくだ。

しかし、白髪の男は返事をしない。

何よ、コイツ？

確か涼介は、黒木と呼んでいた。

おとり捜査をするにあたって、徹底的に構成員を調べたが、黒木なんて男はいなかった。

落ち着き払った物腰から、明らかに下っ端ではないことがわかる。

ユカリは、さり気なくハンドバッグに手を伸ばした。

「アンタのこと疑うわけじゃあないが」黒木が、やっと口を開いた。「免許証を見せてくれないか」

「免許証〜？　何で〜？　あやしい〜！」

思いっきり疑ってるじゃない！

ユカリは、頭が足りない女を演じつつ、非常に焦った。

「いいから見せてくれ」

「もう〜」

ハンドバッグの止め金を外し、手を入れる。

ベレッタM84の冷たい銃身に指が触れた。心臓の鼓動が倍の速度になる。

ユカリは、ハンドバッグの中身を黒木に見られないよう細心の注意を払い、財布を取り出した。

「写真、変な顔だから笑わないでよね〜」

ニセの免許証は用意してある。店にキャバ嬢として潜入するために、必要だったからだ。

免許証での年齢は二十歳。童顔なので十分通用するはずだ。

ユカリは、黒木に免許証を渡した。

「ほらぁ、変な顔でしょう」

一緒に免許証を見るためにピタリと体をすり寄せる。色気攻撃だ。ここは絶対に疑われてはいけない。ユカリの鼓動がさらに激しくなる。

大人しくしてよ、心臓！　聞こえたら、どうすんのよ！

黒木は、ユカリの色気に全く惑わされることなく、免許証を見ている。角度的に胸の谷間がバッチリ見えるはずだが、黒木は視線を免許証から外さない。

「堺市に住んでるのか？」黒木が、言った。

「え？　うん、そうよ」

ユカリは、突然の質問に戸惑ったが、笑顔で誤魔化《ごまか》す。

「独り暮らしか？」

ノドの奥が粘つく。不自然になってはいけない。変な間もあけるな。

「内緒。お店に来てくれたら教えてあげる」小悪魔っぽく答える。

顔の筋肉が引きつりそうだ。このまま二人きりはヤバい。

「免許証返してよぅ」

黒木は、ユカリの言葉を無視して、自分の胸のポケットに免許証を入れた。

な、何するつもりよ！

「返してよぅ！」

「帰る時に返す」

「どうして？」

「調べさせてもらう。このマンションに入った人間は全員そうする決まりだ。悪いな」

「別にいいけど〜」

全然、良くない。どの程度調べるつもりかわからないが、免許証に書いてある住所に、もちろん、ユカリは住んでいない。ニセの住所だ。誰が住んでいるのかさえも知らない。電話番号を割り出されて、かけられたら一発でアウトだ。

「ちゃんと返してよね！　黒木ちゃん！」

ユカリは、なるべく、可愛らしく口を膨らませて言った。心の中では、泣きそうだったが。

……早く、このマンションから逃げなくちゃ。

20

「それでは次の勝負に入ります」

珠美が、チップに手をやった。

この女、次はいくら賭ける気？　また十万からスタート？

「ルージュに百六十万」珠美が、今さっき、マッキーたちから奪ったチップを、《赤》のスペースに置いた。

百六十って……。

マッキーは、珠美を見た。憎たらしいほど平常心を保っている。

「冗談でしょ……」ジェニファーの顔が強張《こわば》る。「輝男、どうしよう？」

「まあ、とにかくやるしかないな」輝男が、突き放すように言った。珠美のイカサマを見破ろうと集中しているのだ。「0か00を狙え！　そしたら、赤も黒も関係ないから」

「無茶な要求しないでよ！　エスパーじゃないんだから！　マッキー先輩も言ってやってください よ」ジェニファーが、置き去りにされた小犬のような目をする。

「今だけエスパーになりなさい！」

「なれるものならなりたいですよ！」ジェニファーが、目を閉じて、ルーレットを回す。

珠美はイカサマをしているのだろうか？　さっきの勝負はギリギリ勝ったように見えたが……。もしくは、ギリギリ勝ったように見せたのか？　もしイカサマなら、そんな回りくどいことをする必要があるだろうか？　賭け金は自分で決められるのだから、最初から大金を賭ければ一発で済む話だ。

ジェニファーは、勢いよく回転するルーレットに玉を入れた。

「お姉さんの後ろから見せてもらうで」

輝男が、珠美の背後に回った。

輝男ちゃん！　ファインプレーよ！

珠美は、不意を突かれたに違いない。またテーブルに仕掛けがあるのなら、何らかの操作をしなければならないのだ。

「お好きな場所でどうぞ。どこで観戦しようが、お客様の自由です」

珠美に怪しい素振りはない。輝男が下唇を嚙む。まだイカサマがわからないのだ。

「0か00で止まれ！」

乾いた音を立てて、玉が落ちた。

0だった。

「勝っちゃった……」ジェニファーが、長い睫毛をバチバチとさせて、幾度も瞬きをした。

膝がガクガクする。心臓が破裂しそうだ。ギャンブルって、何て、体に悪いのかしら。

「おめでとうございます」珠美が、悔しさを微塵も見せず、営業スマイルをした。

「その調子や！　マッキー！　次も0を出せ！」

「二回も出せるわけないでしょ！」

百六十万円取り返したが、まだ一回目だ。後、四回ルーレットを回さなくちゃいけない。油断は禁物だ。と、言っても、玉がどこに止まるかは完全に運任せなのだが。

「ルージュに三百二十万」

珠美がまた、倍を賭けてきた。何かの法則でもあるのか？　だんだん、金銭感覚がおかしくなってきた。

ジェニファーが二回目のルーレットを回した。

「ジェニ子、玉をそっと置くようにルーレットに入れてくれ」輝男が、いきなり指示を出した。

「え？　え？」ジェニファーは、戸惑いながら、言われた通り、そっと置いた。

輝男が、珠美の動きに目を光らせる。珠美はチップを置いたきり、ピクリとも動かない。

玉の動きはあんまり変わってないように見えるけど。輝男ちゃんのことだから、何か意味があるのよね？

「また0に止まれ！」ジェニファーが、エスパーのように、ルーレットに手のひらを向けた。

そんな簡単に、出せるわけないけどね。

玉が止まった。奇跡が起きた。

また、0だった。マッキーは、口をあんぐりと開けた。

「おいおい、すげぇな！」

輝男も感心した様子でルーレットを覗き込んだ。

「そろそろ張り方を変えましょうか」珠美が、百万のチップを手に取った。「ディーラーの強運に乗って、ここに置かせていただきます」

倍々じゃないのね。ちょっと安心だわ。さあ、どこに賭ける気？

珠美が、テーブルの《0》のゾーンにチップを置いた。

「ジェニ子、絶対に0を出すなよ」輝男が、青い顔で言った。

「え？　ヤバいの？」

「赤と黒と違って、倍率が高い」

「いくらよ？」

「三十六倍や」

じゃあ、これで負けたら……三千六百万円？

21

三千六百万の勝負……絶対に負けるわけにはいかない。

「輝男ちゃん、次も0が出る確率ってどれぐらい？」マッキーは、か細い声で訊いた。緊張のあまり、声が出ない。

「数字はわからんけど、かなり低いやろう」

「どれくらい？」

「ホールインワンぐらいちゃうか？」

「もっとわかりやすく言ってよ！　ちょっと待って。今、アタシたち、いくら借金があるのよ？」

輝男が、暗算する。「さっき百七十万負けたけど、今、百六十万と三百二十万、続けて勝ったから、現在、プラス三百十万。借金総額は二千二百四十万や」

……負けたら、とんでもないことになっちゃうのね。訊かなきゃ良かった。

「確率は関係ないですよ」珠美が、横から口を挟んだ。「毎回のスピンは、その前のスピンの影響を全く受けないんです。だから、赤が続いたから、次は、絶対に黒だという考えは間違っていることになります」

「は？　何を言ってんの？」

マッキーの言葉を無視して珠美は、数学の教師のような口調で続けた。

「むしろ、わたくしの経験では、同じ色や、同じ数字が連続で出る傾向が強いと思われます。

もちろん、それは短期的な見方ですけどね。一万回や十万回も回せば、出目は平均化するはずです」

「ごめん、輝男ちゃん、何言ってんのかわかんないわ。わかりやすく説明して」

「つまりやな。このお姉さんは、もう一回、0が出る予感がすると言ってるねん」

「その通りです」

ああ、確かに予感ってのはあるわね。アタシの場合、嫌な予感ばっかりだけど……。

もし、これに負けたら、借金が五千万円を超える。気の遠くなる額だ。

「もう、やめたい……」ジェニファーの唇の色が、青を通り越して紫になっている。

マッキーも胃を押さえた。痛い。ストレスで、胃酸がドバドバ出てきた。

「ダメです。勝負の続行をお願いします」珠美が容赦なく言った。

「大丈夫、0は絶対に出ない！」輝男が励ます。「たぶん、出ない！」

「では、三回目のスピンをしてください」

ジェニファーは、死神に睨まれたような顔で、ルーレットを回した。

玉を入れる。回る。止まる。心臓が跳ね上がる。

出目は、0の右隣、黒の28だった。

「アブねえ！」輝男が、頭を抱えて叫ぶ。

「よかった……」ジェニファーは、ヘナヘナとその場に座り込んだ。

百万の勝ち。これで、このゲームでの勝ちは四百十万円となった。

「五百万までもう少しやんけ！」

「四回目のベットです」

珠美が、百万のチップを黒の2に置いた。

黒の2？

マッキーはルーレット盤を見た。0の左隣に黒の2がある。

まさか……。

あ、嫌な予感。

「ジェニファー、いきまーす！」

ジェニファーが、さっきまでとは打って変って、元気よくルーレットを回した。黒の2が0の左隣だということに全く気づいてない。

ジェニちゃん！　アンタ調子に乗っちゃ……。

珠美が白い歯を見せた。

玉は導かれるように、黒の2で止まった。

嘘でしょ……。

一気に三千六百万を持っていかれた。これで借金は五千万を超えてしまった。悪夢だ。アタシは、こんなところで何をしているのだ。

「ごめんなさい……」ジェニファーが、可哀相なほどうなだれる。

輝男は、押し黙ったまま何も言わない。

「五回目のルーレットを回してください」

珠美がチップを置いた。また百万。同じく黒の2だ。

ジェニファーが、助けを乞うように輝男を見た。輝男は、厳しい表情でルーレットを睨みつけている。

玉は黒の2の隣、0で止まった。

「そっちでしたか。残念」珠美が笑顔で百万のチップをジェニファーに渡した。「楽しかったですわ」

「よっしゃ！　休憩しよう！　腹も減ったことやしな」輝男が、唐突に陽気な声で言った。

食欲なんかないわよ。どういう神経してるのよ。

「お姉さん、食べる物って何かないの？」

「お菓子類がキッチンの棚にあります。中華なら出前も取れますけど」

「中華かいいね～。マッキー、何、注文する？」

「そんなの食べてる場合じゃないわよ。いくら負けてると思ってんの？」

「腹が減ってはギャンブルはできぬ」輝男が、大げさに自分の腹をさする。「俺、ギョーザとチャーハン。ジェニ子は？」

「ニラレバと中華丼」

この二人、結構、食べるのね。

「マッキーは？」

「アタシはお菓子でいいわよ」

とてもじゃないが、そんな精神状態ではない。確かにこの部屋に入る前はペコペコだったけど……。

マッキーは、キッチンへ行き、戸棚を開けた。スナック菓子、飴、チョコレート、ガム。ご丁寧に、タバコも各銘柄を取り揃えてある。

「ホワイトチョコある？」輝男が、訊いてきた。

「今から中華を食べるんでしょ？」

「ホワイトチョコが大好物やねん。なんか、得した気分するやん。ちょうだい」

「ギョーザの前に食べるの？」

「うん！」

子供じゃないんだから。マッキーは、いろんな種類のチョコが入った袋からホワイトチョコを選び、輝男に投げてやった。自分はリンゴ味の飴を口に入れた。

「わたしもチョコ……」ジェニファーが物欲しそうな目で言った。

「ホワイトでいいの?」

「……アーモンドで」

生意気にも選ぶのね……。

「出前って、どのくらいかかるの?」輝男が、チョコをポリポリとかじりながら訊いた。

「三十分ほどです」珠美が答える。

「それは長いな」輝男が、二個目のホワイトチョコの銀紙を剝いた。

「輝男ちゃん、お菓子で我慢しなさいよ」

「しゃーないな。さっさと終わらすか」輝男が、白い玉を手に取った。「次は俺が相手や。お姉さん」

22

ヒロは、管理人室のドアをノックした。

「カム、イン」

涼介の声だ。緊張でギュッと膀胱が締まる。

「失礼します」ヒロは、ドアを開け、おずおずと管理人室に入った。

「エイ、ヨウ、ヒロ。オカマちゃんたちは上手くハメたか？」

涼介は、パイプ椅子にふんぞり返り、湯飲みでお茶を飲んでいる。

「バッチリです」

こんなネズミのような小男に、媚《こ》びる自分が情けない。

部屋の中には涼介と葉月がいた。

「カード、返せよ」

ヒロは、不気嫌そうに手を差し出した葉月に、マスターキーのカードを渡した。

「そうカリカリすんなよ、らっきょ。これから、オカマちゃんたちの借金はどんどん増えていくんだからよ」

「まあ、そうですけどね」

葉月が不服そうな顔をした。涼介が、ヒロをかばった言い方をしたのが気に入らなかったのだろうか。

涼介と葉月は、相変わらず険悪ムードだな……。ヤクザ同士、仲良くしろよ。明らかに、葉月の態度に不満の色が濃く表れている。それをあえて挑発するかのような涼介の言動も、前から気になるところだ。ただ、この涼介という男だけは侮ってはいけない。マッキーたちをハメる作戦も、ほとんどがこの男のアイデアだ。

ヒロも、このマンションでギャンブルに負け、借金を背負ったクチだ。借金の帳消しを条件にマッキーたちをハメたのだ。亀頭という男には会ったこともない。どうやら、涼介の弟分らしく、マッキーたちに恥をかかされたらしい。

これ以上、深入りするのは危険だ。俺の役割は終わった。一刻も早く、この男の前からフェードアウトしなくては。

「遅いですね、あの女」葉月が、管理人室の奥のドアを見た。

女？　他に、まだいるのか？

「ウンコじゃね？　今からセックスしようと思ってんのにテンション下がるよな〜」

どうやら涼介が、女を連れてきたらしい。

「あの女と、どこで知り合ったんです？」

「ミナミのキャバクラ。ブスばっかりのファックな店だったんだけど、久しぶりの上玉だろ？　まだ、誰も手をつけてねえだろうから、何としても今夜、物にしてやるぜ」

「シャブも仕入れたばっかりですしね」葉月が、調子を合わせる。

「あのビッチ、金庫の中見たら絶対腰を抜かすぜ。五億の現金と、シャブがドーンと入ってるからな」

シャブ？　五億？　おいおい、勘弁してくれよ。

「あー、あのビッチにシャブ打って、ヤるところ想像したらチンポ勃《た》ってきちゃったよ」

涼介が下品に笑い、自分の股間を揉む。

もしかすると、無事に帰れないかもしれない……。

涼介は、五億円もの現金と大量の覚醒剤がこのマンションにあることを、外部の人間のヒロに教えたのだ。これから先も、お前を利用してやると宣言したようなものではないか。

ヒロは、底のない泥沼にはまったような錯覚に、目眩《めまい》を感じた。

＊

やっと、黒木と女が、トイレから帰ってきた。

いつまでかかってんだよ。

葉月はイラついていた。これだから女は嫌だ。大事な時に限って、こっちの足を引っ張ろうとする。

「ゴメンね～。お化粧直しに時間かかっちゃった～」

「あんまり遅いから逃げたかと思ったぜ」涼介が、鼻の下を伸ばす。

「ひど〜い！　どこに逃げるのよ〜」

それに、ベンツを停めに行っている鶴岡も遅い。

どいつもこいつも……。

「どうした？　らっきょ？」涼介が、突然話しかけてきた。

「え？　何がですか？」

「貧乏ゆすりをし過ぎだって」

ミスった。無意識に焦りが表に出ている。

「……鶴岡があまりにも遅いんで」

「一休なら帰ったぜ。なあ、黒木」

「はい。駐車場で、もう上がってもいいと伝えました」

何だと？　どういうことだよ！

「でも、帰りの運転手が……」

「黒木がいるからノー、プロブレムだろ？」

「ですよね……」

くそったれ！　予定が大幅に狂ったじゃねえか！

まさか黒木が来るとは思ってもみなかった。こいつはやっかいだ。ヒットマン兼、涼介のボディーガードだ。

どうやって、こいつのスキを突く？　俺一人で、こいつらを縛りあげるのかよ？

……無理だ。まともにやったらこっちの身が危ない。

日を変えるか？　ダメだろ！　今日しかチャンスはねえんだよ！

仕方ない。全員に死んでもらうしかない。

「さてと、マネーを回収しにいくか」涼介が、パイプ椅子から立ち上がった。金庫は五〇一号室にある。

「あの……」ヒロが、おずおずと口を開いた。「俺、そろそろ帰りたいんですけど」

よし！　いいぞ、帰れ！　一人、減ってくれれば、かなり助かる。

「遠慮するなって。一緒に行こうぜ」涼介が、言った。

「でも」

「遠慮するな」

涼介は有無を言わせない。こいつらに、金庫の中身を見せてどうすんだ？　涼介の考えが全く理解できない。そんなに自分の力を誇示したいのか？

涼介が、怯えるヒロの肩を抱いた。

「金が重いんだよ。運ぶの手伝ってくれよ、な」

23

エレベーターの扉が閉まった。

どのタイミングで逃げる？

ユカリは、エレベーターに乗ったメンツを見回した。涼介、黒木、葉月、ヒロ。

涼介は、今のところ、わたしの露出狂一歩手前の格好に気を取られている。だが、油断してはいけない。ほんのわずかのミスで、危険を察知するだろう。わたしの正体がバレたらおしまいだ。

資料によると、葉月は将来の幹部候補らしいのだが、涼介に嫌われているのか、こんな裏カジノの支配人をやらされている。葉月の態度を見れば、涼介のことを疎《うと》ましく思っているのが手に取るようにわかる。

ヒロと呼ばれている男は、資料には載ってなかった。どうやら、組の人間ではない。

問題は、黒木だ。明らかにユカリのことを疑っている。免許証から身元を調べられたら、それで一巻の終わりだ。

おとり捜査の作戦では、涼介に金庫を開けさせ、中身を確認してから、外で待機している取締官たちに携帯メールで連絡することになっている。ユカリ演じる〝馬鹿女〟は、いつでも携帯をいじっているようなキャラだから、いくらメールを打っても不自然に思われないはずだ。

しかし、盗聴器を使えないのは痛かった。本来、おとり捜査では、盗聴器で証拠の録音や捜査官の安全確認をするのだが、いかんせん、演じているのがキャバクラ嬢だけに、体を触られる機会が多く、そんなものをつけていたら見つけられる可能性が高い。それに、涼介は異常に用心深く、普段から受信機を使っては身の回りに盗聴器がないかチェックしているらしい。この男は身内さえも信じていないのだ。

涼介が、五階のボタンではなく、二階のボタンを押した。

「え？　金庫に行くんじゃないんですか？」葉月が、驚いて言った。

葉月の態度がおかしい。二階に行くのが嫌な理由でもあるのか？　まるで、早く五階に行きたがってるようだ。

「二〇四にオカマちゃんたちの借用書取りに行くんだよ。ディーラーの名前なんだっけ？」

「……李です」葉月が、答える。

「あのプッシー野郎……」

涼介が苛ついている。

何か、トラブルでもあったのか？　チャンスだ。逃げるスキがあるかもしれない。

エレベーターが二階に着いた。涼介を先頭に、全員、二〇四号室の前まで行った。

「開けろ、らっきょ。イカサマがバレた奴にはヤキを入れる」

涼介が、ダブダブのズボンから警棒を取り出した。三段式の特殊警棒だ。ボタンを押すとシャキンと四十センチほどの長さに伸びた。

葉月が、マスターキーを使ってドアを開ける。

「あの……俺は関係ないっすよね」ヒロが、泣きそうな顔で言った。

「うるせえ。黒木、ヒロと女をこの廊下で見張ってろ」

黒木が頷く。

もう！　一番やっかいな奴が残ったじゃない！

「らっきょはついて来い。李をはがいじめにしろ。あのプッシー野郎、足腰が立たなくなるぐらい痛めつけてやる」

涼介と葉月が、部屋に入って行った。

しばらくして、泣き叫ぶ男の悲鳴が聞こえた。ヒロが、恐怖のあまり、ガチガチと歯を鳴らす。

これ以上はヤバい。外の取締官たちに突入してもらおう。今なら、傷害の現行犯で引っ張れる。ユカリは、携帯電話を取り出し、メールを打とうとした。

と、黒木が、ユカリの携帯電話を奪った。

「な、なにすんのよ！」

「これも預かっておく」

「も〜う！　返してよぅ！　お客さんに営業メール打たなきゃいけないの！」

ユカリが、取り返そうとするが、黒木がそれを許さない。

さっきからやりたい放題やりやがって。

ユカリは、黒木のすねを蹴りつけたい衝動を抑えた。

これで、外部との連絡手段を絶たれてしまった。このままでは、いつまで経っても、助けが来ない。

「困る！　ありえないって！　返してよ！　大事なお客さんなんだから！」

なんとしても、ケータイは取り返さなくっちゃ！　頼りないが、ヒロを使うしかない。

「ヒロ君も言ってよ〜」ユカリは、ヒロの腕にしがみつき、胸を押しつけた。

「返して、あ、あげてください。か、かわいそうですよ」

と、その時、肉が弾ける音がした。

「ぐぁ……」

ヒロが鼻を押さえてうずくまっている。

殴った？　いつ？　黒木のパンチは、速過ぎて見えなかった。

「お前、誰に口きいてんだ？」

「すびばせん、すびばせん」

ヒロが、鼻血を出しながら謝った。鼻を押さえる指の間から、ドボドボと鮮血が溢れる。

二〇四号室の中でも悲鳴が止《や》み、二人が出てきた。警棒と涼介の顔に、返り血が付いている。

「舐めろ」涼介が、ユカリに自分の顔を近づけた。

嫌に決まってんだろ！

「ありえな～い」

「ペロペロするんだよ」

目が真剣だ。涼介は、暴力の余韻で興奮している。ここは逆らわない方がいい。黒木から携帯電話も取り返さなくちゃいけない。

ユカリは、涼介の顔に付いた血を舐めた。鉄の味がする。

「お待たせ。五階に行こうぜ」

涼介が警棒をズボンに戻した。ヒロが鼻血を出していることに触れようともしない。完全に雑魚《ざこ》扱いだ。

「その前に電話を一本いいですか？」黒木が、低い声で言った。

「どこにかけるんだよ？」

「ここです」黒木が、ユカリの免許証を出した。

「へ～イ。またかよ～」涼介が、呆れたように言った。「いい加減、俺が連れてくる女を、根掘り葉掘り調べるのやめてくんない？」

どれだけ用心深いのよ。取り返すなら今だ。ユカリは、涼介の手を引いた。

「涼介く～ん、返して欲しいんだけど～。ケータイも取られたの～」

「ソーリー。コイツ、いつもこうなんだよ。後で、ちゃんと返してもらえるから、ちょっと我慢してね」

黒木が、自分の携帯電話を出した。

「俺だ。今から言う住所の電話番号を調べろ。堺市堺区――」

ヤクザのネットワークを舐めてはいけない。黒木が、免許証のニセの住所を読み上げる。

ユカリは、周りに目を走らせた。二階の高さなら、飛び下りることもできるが、マンションのすぐ横に、ビルが建っていて逃げるスペースがない。

廊下の奥に非常階段はあるが、防火用の扉が閉まっている。鍵をかけられていたらアウトだ。いや、涼介のことだ。かけているに決まっている。

エレベーターもカードキーがないと動かない。このマンションは、意図的に監禁する役割を果たしているのだ……。

残された手は一つ。ハンドバッグの銃だ。いざとなったら、これを使うしかない。ただ、相手は男が四人。ヒロは数に入れないとしても、三人は凶悪なヤクザだ。もしかすると、三人とも銃を持っているかもしれない。

「番号がわかったら、すぐに電話してくれ」黒木が、携帯電話を切った。

「ほんと、用心深いよな。ま、だから俺のボディーガードが務まるんだけどよ」

涼介は、満足そうに笑い、ユカリの肩に手を回した。

ユカリは、そっとハンドバッグの上から銃の位置を確認した。

24

「これで、俺の四連勝やな」

「輝男ちゃん、すごいじゃない！」

マッキーとジェニファーが、輝男の両側から抱きついた。輝男が露骨にいやな顔をする。

輝男がディーラーになった途端、珠美の予想がことごとく外れている。珠美の目からも、完全に余裕の色が消えていた。

すでに、輝男は五百万以上勝っていた。

「まだ、最後のチャンスが残っていますわ」

珠美は、《00》に五百万のチップを置いた。

ちょっと、ちょっと！

「それが当たれば三十六倍で……いくらになるのよ？」

「一億八千万やな」

輝男が、軽く言い、無造作にルーレットをスピンさせた。

「輝男！　やるの？」ジェニファーが、金切り声をあげた。「考えなおして！」

言い終わる前に、輝男がポイッと白い玉をルーレットに入れた。負けたら舌を噛むしかない。

マッキーは、飛び出しそうな目で回転する玉を追った。

一億八千万って！　宝クジじゃないんだから！

「外れろぉぉぉ！　この野郎ぉぉぉ！」思わず、〝男〟に戻って叫ぶ。

白い玉が、勢い良くルーレットの中を回転、突如、跳ねた。まるで意思を持った生き物のようにジャンプしたのだ。

玉が、床に落ち、コロコロと珠美の足元に転がる。

「もう一度、やり直しですね」

珠美が玉を拾いあげた。指先に何か違和感を覚えたのか、マジマジと眺めはじめた。

「なるほど……。どうりで目が外れるわけですね」

「バレちゃった？」輝男が舌を出す。

輝男ちゃん、また何かやったの？

「まさか、チョコレートを使ってイカサマをするとは思いもよりませんでしたわ」

もしかして……ホワイトチョコ？

「正解。チョコのカスをちょっとだけ、玉につけるねん」

「それがイカサマなの？」

「ボールの軌道が変わるのです。立派なイカサマですわ」

「そっちのイカサマを利用させてもらってんけどな」輝男が、珠美に言い返す。「このルーレットのイカサマは、《クセ》や。わざとルーレットのバランスを悪くして、目が偏りやすいようにしてあるんやろ？　そのクセを熟知している人間が素人ディーラーと勝負したらどうなる？　どっちが立派なイカサマやねん」

「それで、ホワイトチョコを要求したのね」

「このお姉さんが、クセに頼れば頼るほど違う目が出るってわけや。五回勝負ってのも、クセを見分けるために必要な回数や。そうやろ？」

「何のことです？」珠美が、涼しい顔で答える。

「イカサマを認めなさいよ！」ジェニファーが珠美に詰めよる。

「そう言われましても、ルーレットのクセは、どのカジノでもあることですので」

確かにそうだ。これ以上、不確かなイカサマはないだろう。クセがあったとしても、かなりの読みの力がないと結局は負けてしまう。どちらかと言えば、露骨なイカサマは輝男の方だ。

珠美が、携帯電話を出した。

「どこにかけるのよ？」

「支配人です」

あのスキンヘッドの人？

「葉月さんですか？　三〇五です。お客様がイカサマをお使いになりました」

イカサマをお使いにって……。ちょっと待ってよ。今からヤクザがこの部屋に来るの？

かれないように。

25

「何？　イカサマだと！」葉月が、巻き舌で怒鳴った。

鳴ったのは葉月の携帯電話だった。ユカリは、胸を撫で下ろした。もちろん、黒木に気づかれないように。

黒木の携帯電話が鳴ったのかと焦った。免許証がニセモノだとバレるのも時間の問題だ。早く、何とかしなきゃ——。

「ヘイ。どうした？」涼介が、面倒くさそうに顔をしかめる。

「三〇五号室でイカサマがあったらしいんです」葉月が、答える。

「どの客だよ？」

「例のオカマたちです」

「マジっすか……」ヒロが、青い顔で言った。

「どういうことだよ」涼介が、ヒロに詰め寄った。たった、二、三歩近づいただけだが、ヒロは壁際まで大げさに後ずさりした。

「なんか、一人、やたらギャンブルに詳しい奴がいるんっスよ」

「名前は？」

「輝男って呼ばれてました」

「強いのか？」

「微妙っス。なんか小汚いし、ヘラヘラしてるし。でもイカサマはうまいですね」

「どうします？」葉月が、涼介に訊いた。

「もちろん、ペナルティを払ってもらうでしょ。五階の前に三階に寄るぞ」

大チャンスだ。何がなんだかわからないが、賭場でトラブルらしい。このスキを狙うしかない。

「ねえ～。ま～だ？　もう疲れたよぅ」

涼介を怒らせてやる。『うるせえぞ、ビッチ！　もう帰れ！』と言わせればこっちのもんだ。

「もうちょっとだから我慢しな」

「ヤダ～！　お腹すいた～！　足もパンパンだしぃ」

どうだ？　キレてみせろ！　わたしが男だったらすでにブチ切れてるぞ！

「うん、わかった、わかった。終わったら、焼肉いこう」

「ワンパターンだってば～。焼肉食べさせとけば、キャバ嬢はみんな喜ぶと思ってるでしょ～」

「そんなことないって」涼介の顔が、引きつる。

よし！　もう一押し！

「わかった。三〇五には、らっきょと黒木が行ってヤキ入れてこい」

らっきょと呼ばれて、葉月のこめかみに血管が浮かぶ。

お前は、キレなくていいんだよ！

「電話がかかってくるまで待ってもらえませんかね」黒木が抗議する。

「うるせえ！　さっさと行け！」

そんなにヤリたいのかよ、この男は。

結局、ユカリと涼介とヒロが五階に、黒木と葉月が三階に行くことになった。狙いと違うが、まあ、良しとしよう。黒木と離れるだけでも、かなりマシだ。

おそらく、涼介は銃を持ってるだろう。外と連絡が取れなくなった今、残された作戦は、その銃を奪って、涼介を人質に取ることしかない。

26

クソがぁぁ！　計画が台無しじゃねえかよ！

葉月は、ギリギリと奥歯を噛みしめた。

涼介たちは五階へと上って行った。

このタイミングでイカサマって……どんだけ運がないんだよ。

まるで、計画を中止した方がいいと言われているみたいだ。黒木の登場。鶴岡が来ないこと。そして、このイカサマ。

もしかすると、俺の運が悪いんじゃなくて、涼介の運が強烈に強いのか？　認めねえ、認めねえぞ！

「さっきから何をイライラしてるんだ？」黒木が、声をかけてきた。

お前のせいだよ！

「いや、別に……このマンションで、イカサマやるなんてムカツクなと思って……」

黒木が、フッと笑みをこぼした。何がおかしいんだ？　俺のことを笑ってんのか？

「昔、飼っていた犬を思い出してな」

犬？　なんで、今、犬が出てくんだよ！

「……どんな犬なんですか？」

「雑種だった。吠え癖の治らない犬でな」

「はあ……」

それだけかよ？　葉月は、カリカリしながら、三〇五号室のドアを開けた。

部屋には、ディーラーの珠美と三人の客が待っていた。オカマ二人は、ソワソワとしているが、不精髭の男はルーレットのテーブルに腰掛けて、堂々とお菓子を食べている。

「ベビースター、久しぶりやわ。たまに食うとうまいな、これ」

いい度胸してるじゃねえか。

男は、葉月たちが来たのを無視して、珠美に話しかけている。

「輝男ちゃん、あいつら来たわよ」オカマの一人が、慌てて声をかける。

輝男か。こいつが、ヒロの言ってた男だな。

「この部屋で、イカサマがおこなわれたと聞いてやってきたんですが」葉月は、営業用の口調で言った。

「それはご苦労さん」

輝男が、ベビースターを口の中でボリボリと鳴らした。

下手な挑発だ。葉月は、珠美の方に向き直った。

「ディーラー、説明を」

「玉に細工をされました。チョコレートが付着していたんです」

珠美が、葉月に玉を渡す。

確かに、わずかだが、ホワイトチョコが付いている。

「それのどこが問題なんですかね？　ルーレットを回す前に食べて、たまたま付いただけなんですけど」輝男が、白々しく肩をすくめる。

「わざとではないと？」

「だって、元からどの目が出るかわからないのがルーレットなんだから、チョコが付いたところでどってことないでしょ？　元からどの目が出るかわかっている人は困ると思うけど」

なるほど、痛いとこをついてくる。こっちのイカサマを逆手に取ったわけだ。

「汗や、手の脂、もしかすると鼻クソが付くかもしれない。それでもイカサマと――」

輝男が、話すのをやめた。ノド元にナイフを近づけられたからだ。

「お前が決めるな。イカサマかどうかは、こっちが判断する」

ナイフを持った黒木が、低い声で言った。

27

ナ、ナイフ！
マッキーは仰天して、輝男を押さえている男を見た。やたらと眼光の鋭い白髪の男が輝男にナイフを突きつけている。

何者よ？　いつの間に、ナイフを出して忍び寄ったのだろう？　そんな気配はまったくなかった。ジェニファーも身動きできずに男の出方を窺《うかが》っている。

「黒木さん、無茶は困りますよ。一応、カタギのお客さんなんですから」葉月が、ゆっくりとした口調で言った。この男を興奮させたくないようだ。

「あの……わたしは……」珠美が、怯えた顔で言った。

「今日は上がれ」

「お、お疲れさまです」

珠美が、葉月の言葉に、助かったといわんばかりに肥満体を揺らし、一目散に部屋から出て行った。

「葉月、お前が決めろ」黒木と呼ばれた男が言った。

「何をですか？」

「イカサマの落としまえだ」

輝男が、何か言いたそうだが、ナイフの刃がギラギラ光って、口を開くことができない。

「やってないって言ってんでしょ！」マッキーは、代わりに抗議した。

ジェニちゃん、ダメよ、落ち着くのよ。

よく見ると、ジェニファーはハイヒールを脱いでいる。

……闘う気、マンマンじゃない。

マッキーは、泣きそうになった。どうして、この子といると流血沙汰になるのだろう。

「今回は反則金ってことにしましょう」葉月が、事務的な口調で言った。

「いくらよ？」

「迷惑料込みで一千万」

「は？　ありえない！　そっちこそ、イカサマしまくってるのに！」ジェニファーが吠える。

もう爆発寸前だ。

「鼻を切り落とされないだけマシだと思え！」葉月が、一喝する。

冗談じゃないわよ。借金がまた増えるの？

その時、携帯電話の着信音が鳴った。黒木のポケットから鳴っている。

「今頃、かけてきやがって」黒木が舌打ちをして、携帯電話に出ようとした。

一瞬、ナイフの刃先が輝男から外れた。

ドンッ。

ジェニファーが素早く踏み込み、黒木に拳を突き上げた。

黒木の携帯電話が床に落ちた。

ジェニファーの拳は、黒木の顔面をとらえる寸前で止まった。

黒木が左手一本で受け止めたのだ。右手には、ナイフを持ったままだ。

ウッソー！　ジェニちゃんのパンチが通用しないなんて初めて見たわよ。

マッキーは、黒木の素早く無駄のない受けに、思わず見とれてしまった。

「驚いたな……女じゃないのか。その動きは日本拳法だな」

黒木が、拳を握っている手に力を加えた。ジェニファーの顔が痛みに歪む。

この男、強いわ。

解放された輝男が、肝を潰した顔でマッキーの元へ戻ってきた。

黒木が、右手のナイフをテーブルの上に、突き立てる。

「葉月、このお嬢さん、腕っぷしに自信があるみたいだから、喧嘩で決めるってのはどうだ？」

葉月の表情が冴えない。黒木の提案に賛成しかねているようだ。

「コイツが私に勝てば、イカサマはなかったことにして、次の部屋に行ってもいい。もし、私に負けたら、反則金の一千万を追加される。おもしろいだろ？」

「殺さないでくださいね。黒木さん、手加減をしないからな」葉月が、諦めた顔で言った。

「そちらさんは、どうする？　この提案受けるか？」黒木が、ジェニファーの拳を離した。

黒木と呼ばれたこの男の目は、人を痛めつけるのが心底好きな目だ。この世には、暴力の世界でしか生きられない人間がいる。

「わたしはかまいませんけど……て、いうか、やる気マンマンなんですけど、マッキー先輩やっちゃっていいですか？」

ジェニファーが、リングに上がった格闘家のように首を回す。

「勝てる？」マッキーは、ジェニファーに訊いた。

「こんな白髪のジジイに負けるわけないですよ！」

ジェニファーが、拳を固めてファイティングポーズをとった。

「どうした？　かかってこないのか？」黒木が、ノーガードでジェニファーを挑発する。

えらく余裕かましてくれるじゃないの！　ジェニちゃん、やっちまいな！

……あれ？

ジェニファーの表情が強張っている。安易に踏み込めないでいるのだ。逆に、両手を下げて近づいてくる黒木に押されて、ジリジリと後ずさりをしている。

「ジェニちゃん！　リラックス！」

「喧嘩中にリラックスはないやろ？」輝男が、横から口を出す。

「くれぐれも殺さないでくださいよ」

葉月は、黒木が負けることなど、微塵も思っていないようだ。

「わかってるって」黒木が、鼻で笑った。

その瞬間を輝男は見逃さなかった。粉状の何かを黒木の顔に投げつける。

ベビースター？　さっきのホワイトチョコといい、どんだけ、お菓子を活用するのよ！

黒木が、顔の前に舞うベビースターを払う。

輝男ちゃん、ナイスアシストよ！

ジェニファーが、力強く踏み込んだ。

黒木の罠だった。

あらかじめ、そこに前蹴りがくることがわかっていたかのように、軽く身体《からだ》を捻《ひね》り、ジェニファーのキックをかわした。

素人のマッキーが見てもわかるほどの、無駄のない、洗練された動きだ。ジェニファーの蹴りがターゲットを失い、宙をさまよう。わずかにバランスが崩れた。

危ない！

黒木が、ジェニファーのノドに手刀を叩き込んだ。

一撃だった。呼吸を奪われたジェニファーがノドを押さえて、床を転げ回る。

「思いっきり急所じゃないですか」葉月が、苦笑いする。

黒木は、サッカーボールを蹴るようにして、革靴の爪先をジェニファーの背中に突き刺した。

「ジェニちゃん！」

黒木は攻撃の手を緩めない。苦痛に呻いているジェニファーの背中を二度、三度、と続けて蹴った。

「内臓破裂しますよ。一応女の子なんだから優しくしてあげてください」葉月が自分の冗談に笑う。

「手加減したから平気だろ。死ぬことはない」黒木がジェニファーを見下ろす。「実戦不足だな。お嬢さん」

これが、プロの喧嘩……。

見ていただけのマッキーも、ショックを隠せなかった。

「おい！　ジェニ子！　大丈夫か？」輝男が悶《もだ》えるジェニファーに駆け寄る。

マッキーも、ハッと我に返り、輝男に続いた。ジェニファーは、苦しそうに咳き込み、涙ぐんでいる。

「勝負ありだな。じゃあ、一千万の貸しってことで。これに懲りたらイカサマをしないように」

葉月が、一千万分のチップを、マッキーたちに投げつけた。

「喧嘩に勝てる自信があればやってもいいけどな」黒木が、床に落とした自分の携帯電話を拾った。

「余計なこと言わないでくださいよ。ここは紳士淑女が集まる健全なカジノなんですから」

「よく言うよ」

ヤクザたちは、笑いながら部屋を出て行った。

「……すいません。負けちゃいました」

ジェニファーが悔し涙をこぼした。

28

ヤバいくらい強いな、この男。

葉月は、三〇五号室を出た後、黒木の横顔を見た。葉月も、ヤクザになるくらいだから喧嘩には自信があった。ただ、この男には逆立ちしても勝てそうにない。根本的な何かが違う。鍛え方というより、経験の差だ。

『実戦不足だな』

黒木が言った言葉には、別の意味が含まれているように思えた。確かに、喧嘩は場数だ。しかし、いくら数をこなしても越えられない壁というものがある。黒木は、明らかに壁の向こう側にいた。

たぶん、コイツ、素手で人を殺したことがある。実戦とは、そういう意味だ。直感だが間違いない。今まで見てきた、喧嘩自慢たちとは質が違い過ぎる。

この男だけは、敵にまわしちゃいけない。しかし、涼介を襲うためには、どうやったって敵になってしまう。

勝負は最初の一発だ。涼介が金庫から金を出した直後に、まず、黒木を背後から撃ってやる。卑怯者と言われてもいい。とにかく、この男を殺《や》らないと、こっちが殺られてしまう。

黒木は、携帯電話を耳に当てていた。喧嘩の前にかかってきた相手に、律義にもかけ直したのだ。よほど緊急の話なんだろう。黙ったまま、相手の話を聞いている。が、満足いく結果が得られなかったのか、黒木の表情にわずかにイラつきが見えた。

今、撃つか？

葉月の腋に汗が滲む。今なら殺れそうな気がする。

葉月は、スーツの下の拳銃に手を伸ばそうとした。

黒木がチラリとこっちを見た。心臓が跳ね上がりそうになる。わずか、数ミリしか手を動かしていないのに、どういう反射神経だ。

　クソッ。全然、隙がねえ。

　黒木の視線に葉月は、思わず笑みを浮かべた。

　何を笑ってんだよ、俺は……。

「わかった。すぐに直行しろ。住民を叩き起こしてもかまわん。ユカリという女の免許証はこっちからファックスする」

　黒木が、携帯電話を切った。

「確認がつかなかったんですか？」

「おう。免許証の住所に電話が、つながらないらしい」

「もう、こんな時間ですからね」

　そう言うと、黒木が睨んできたので、葉月は口を閉じた。

「部下に、住所まで確認に行かせる。管理人室にファックスがあったよな？　この免許証を送ってくれ」黒木が、免許証を渡してきた。

「……はい」

　俺が？　クソッ！　涼介を襲う計画がどんどん延びていくじゃねえか！　この時間じゃ、涼介はもう金庫を開けてしまっただろうか。計画では、開けた瞬間に涼介を縛りあげるつもりだった。どうもうまくコトが運ばない。嫌な予感は、すでに確信に変わっていた。

……失敗するとしか思えねえ。でもやるしかねえんだ。たとえ、全員を殺してでも。

今夜しかないいんだ。葉月は、半ば破れかぶれな気持ちで、エレベーターのドアを開けた。

29

いよいよ、麻薬と金とご対面ね。

ユカリは、緊張をほぐすために肩の力を抜いた。ハンドバッグに手を入れ、銃の位置を確かめる。

涼介が、金庫の扉のダイヤルキーを回しはじめた。もちろん、こっちに番号を読み取られないように、体を楯にして隠している。ヒロは、こっちを見ていない。金庫を見るのも嫌なのか、うつむいたままだ。

シミュレーションをしなくては。金庫の中身を確認した後、涼介の後頭部に銃を押しつける。ダメだ。涼介の性格上、金庫を開けた瞬間、得意気に振り向くだろう。銃をハンドバッグから出す瞬間を見られてしまう。

まず、金庫の中身を、確認しなくてはいけない。このコンマ何秒かが、ユカリの動きを遅らせてしまう。それが命取りになりかねない。今日は銃だけで、手錠も持っていない。私一人で、大の男を確保できるか？　厳しい。相手も銃を持っている。しかも、マグナムだ。使いこなせるとは思えないが、破壊力では、こっちのベレッタを遥かに凌駕《りょうが》する。

撃つしかない——。それしか思いつかない。どこを撃つ？　足か？　的の大きさで考えると太股か？　しかし、狙いが外れて内腿の動脈を傷つける危険もある。殺してしまっては何にもならない。ヒザを狙う？　狙えるか？　至近距離だが、的としては小さい。

まったく自信がない。一回も人を撃ったことがないのに、いきなりハイレベル過ぎるって！　じゃあ、的の大きい胴体？　これならまず外さないだろう。その代わり、涼介が命を落とす危険も高い。

どうする？　そろそろ、金庫も開きそうだ。早く決めなくちゃ！

よし。まずヒザを撃とう。外してしまったら、太股。それを外せば胴体。そんな余裕あるわけないって！　跳弾も怖いし……。グズグズ迷っても仕方がない。なるようになれだ。

ガチャリ。重い鉄の音。金庫の鍵が開いた。

「ご対面！」涼介が、嬉しくてしょうがないといった声で、ゆっくりと扉を開けた……。

山のように積まれた現金。そして、覚醒剤。それらは、どこにも見当たらなかった。

「ワット、ア、ファック？」涼介が、呻いた。

金庫の中は空っぽだった。

「シット！」涼介が、金庫を蹴り上げ、獣のように吠えた。「俺の金はどこだ！」

どうなってんの？　叫びたいのはこっちよ！　ユカリは銃を離し、ハンドバッグから手を抜いた。麻薬がなければ拘束しても意味がないからだ。

とんだ誤算だった。このままでは、涼介を逮捕できない。ユカリは、怒りのあまり、隣でポカンと口を開けているヒロを張り倒したくなった。

悪知恵が異常に働き、用心深く、勘の鋭い涼介のことだ。もし、ここで捕まえることができなければ、二度と、チャンスは来ないだろう。

となったら、道は一つしかない。ユカリが麻薬を見つけるのだ。まだ、このマンションのどこかにあるはずだ。とにかくこの一週間、捜査官たちが張り込みを続けてきたのだ。運び出したりすれば、すぐわかる。

「ファック！」涼介が、銃を抜いた。

「わわわっ……」ヒロが、ビクリと身体を反らす。

「誰だ、こんなマネをした奴は……。必ず見つけ出してぶっ殺してやる」

涼介は、いつ切れてもおかしくないほど膨れ上がった太い血管をこめかみに浮かべた。

「これ、何？」ユカリは、金庫の中に落ちていた物を拾い上げた。髪の毛だった。

「見せろ！」涼介が、その髪の毛を、蛍光灯の明かりにかざした。

白い。白い髪の毛。

「この髪は……」涼介の銃口が、ブルブルと震える。

「黒木って人の髪よね？」ユカリが、訊いた。

涼介は、髪の毛を凝視したまま答えない。

「黒木が、金庫を開けたことって、今まであるの？」

涼介が、ゆっくりと首を横に振る。目の前の証拠を信じたくないかのようだ。

「金庫を開けなきゃ、絶対に中に髪の毛が入ることはないよね？」

涼介が、いきなり、ユカリの髪を摑んだ。

「痛い！　何すんのよ！」

「黒木が犯人だって言うのか？」

「だって、髪の毛があったんだもん！　誰だってそう思うわよ！　ねえ？」

ユカリが、ヒロに同意を求める。

「さ、さあ？」ヒロは、関係ないとばかりに手を振った。

「黒木が俺を裏切る？　ありえねえ」

初めて見る涼介の表情だ。困惑しているのが、手に取るようにわかる。

これで、仲間割れね。一度でも、疑いの気持ちが浮かんでしまえば、それを拭《ぬぐ》い去ることはなかなかできない。ましてや、涼介のような石橋を叩いて渡るような男なら、なおさらそうだろう。

この用心深さが、逆にラッキーだったかも。ユカリは心の中でほくそ笑んだ。

30

「次は……どの部屋にする？」

マッキーは、沈んだ声で言った。

ジェニファーは、輝男に支えられて立っていた。ようやく立ち上がることができたが、まだ苦しいのかノドを押さえている。

ムードは最悪。こういう時こそ、アタシの出番よね。

「強烈なジョークがあるんだけど聞きたい？」

輝男がシラケた目で見てきた。「今？」

「今だからこそよ」

「……聞かせてみてや」

「ある女が医者に言ったの。『お尻の穴にイチゴがハマって取れないんです』って。すると医者がこう言ったの――」

「ちょっと待て」輝男が、マッキーのジョークを遮った。

「何よ。まだ途中なのに」

「すでにおかしいやろ。どういう状況になれば、ケツにイチゴが入るねん！」

「そこにツッコまないでよ」

「ツッコむわ！」

「アメリカンジョークなんて、そんなもんなの！　脈絡なしに唐突に始まるのよ。『結婚相談所にアヒルがやってきた』とかね」

「そんな話の何が面白いねん？」

「面白いか面白くないかは、最後まで聞いてからにしなさいよ！」

「最後まで聞いたら面白いんか？」

「それは……その人のセンスによるけど」

「なんじゃそりゃ？　まあ、ええわ。最後まで聞いたろ。お尻の穴に入ったイチゴがどうしたって？」

「もう笑う空気じゃないわよ！　ねえ、ジェニちゃん？」

マッキーたちのやり取りを見て、ジェニファーが笑った。

「マッキーさん、アタシなら大丈夫ですよ。喧嘩に負けるのも初めてじゃないし」

「そう……それならいいんだけど」

輝男もクスクス笑ってる。

とっておきのアメリカンジョークが言えなかったのは不本意だけど、結果オーライってことでいいか。

「次の部屋に行くわよ！」

マッキーと輝男たちは、三〇三号室を選び、ドアを開けた。

「何よ……これ……」マッキーは、声を失った。

悪夢には、まだ続きがあった。

テーブルの上に、花札が散らばっている。この部屋のギャンブルは、花札を使うのだろうか？　ただ、それを説明してくれる人間がもういない。

ディーラーは、テーブルの横に倒れていた。長い髪を後ろに束ねた若い男だった。その男の首に一本の細いロープが巻きついている。

「死んでるの？」ジェニファーが、言った。

「どうやろな」輝男が、かすれた声で答える。

なんで死体があるのよ！　マッキーは、目の前の信じられない光景にパニクった。何で？　何これ？　どーなってんの！　一千万の借金追加に、さらに死体？　次々と悪いことばかりが、ジェットコースターのように襲ってくる。

もう嫌！　このマンション！　アタシはフツーのオカマバーを経営するフツーのオカマなんだから！　これ以上、変な事件に巻き込まないでよ！　もう変な事件に巻き込まれるのはこりごり！　この前はエレベーターに閉じ込められちゃうし！

「念のため脈をとってみたら？」ジェニファーが、輝男の背中を押した。

「おい！　押すなって！」輝男が、慌てふためいて後ずさる。

「もし生きてたらどうすんのよ！」

「見ればわかるやろ？　完全に死んでるやんけ！」

「何でこんなとこに死体があるのよ！　おかしいじゃない！」

「俺に訊くなよ！　知らんがな！」

輝男の言う通りだ。見ればわかる。男は仰向《あおむ》けに倒れていた。白目を剝き、だらりと舌を出している。

何これ？　マッキーは、ある物に気づき、死体へと近づいた。

「おい！　警察が来るまで何も触ったらアカンで！」輝男が、マッキーを止めようとする。

「警察？　そんなもん来るわけないでしょ。ここをどこだと思ってんのよ？」

「あっ。そうか」輝男も、すぐに理解した。ここはヤクザが運営する非合法のカジノマンションなのだ。いくら死体が見つかろうとも警察が呼ばれるはずがない。

「ちょっと待てよ！　コイツ、携帯電話を持ってるんとちゃうか？　さっき、珠美が電話でヤクザたちを呼んだやろ？」

輝男が、死体のそばにいき、おっかなびっくりスーツのポケットをまさぐった。上着のポケットから、小型の電話を取り出した。が、「アカン！　携帯じゃない！　外にはかけられへんわ」何度も一一〇番をプッシュしたが、この電話機では通話はできない。

「マンション専用の電話みたいね。ディーラーたちも気ままに外にかけられないようにしてるのよ」

「裏カジノやからな。ディーラーの裏切りも警戒してるんやろ」

マッキーは、死体の真横にしゃがみ込んだ。

「マッキー先輩？　どうしたんですか？」

「これ見て」マッキーは、死体の右手を指した。

死体の手には、一枚の花札が握られていた。

「これって……もしかするとダイイングメッセージじゃないですか？」ジェニファーが興奮

した口調で言った。「何かを伝えようとしてるのよ！」

　マッキーは、そっと死体の手の中から花札を抜いた。

　この札に、何か意味が込められているのかしら？
「マッキー、もう片方の手にもあるぞ」輝男が、死体の左手を指す。
　確かにある。マッキーは、左手からも花札を抜いた。

　猪と鹿。どういう意味だろうか？

「よし。とりあえずは、この部屋から出ようか」輝男が、立ち上がった。

「えっ？　ダイイングメッセージがあるのに？」ジェニファーが驚く。

「はぁ？　そんなわけないやんけ。たまたま手に持ってただけやろ？」

「両手に持ってるのよ？　絶対、犯人の手がかりよ！」

「あのな。探偵漫画じゃないねんから、殺される間際にそんな余裕あるかいな。巻き込まれたくなかったら、見なかったフリして、さっさと出ようや」

「死体よ？　見なかったことなんかにできるわけないでしょ？」

「絶対に偶然やって！　花札やぞ？」輝男が、部屋を立ち去ろうと足を踏み出す。

「偶然じゃないことを証明できるわ」マッキーは、輝男の前に立ち塞がった。

「どうやって？」

「これを持ってみて」マッキーは、死体が持っていた二枚の花札を輝男に差し出した。

「えっ？　ちょっとやめてや。気持ち悪い。死体が触ってたやつやのに」

「いいから！」マッキーは、強引に花札を手渡した。

輝男が渋々、両手に持つ。

「後ろを向いて」

「おいおい、何やねん」輝男が、面倒臭そうに、マッキーに背中を向けた。

「我慢してね」

「は？　何が？」

マッキーは、輝男の首を絞め出した。両腕で、グイグイと力任せに絞めあげる。

「ガッ！　グウッ！　ギギキギ！」輝男が、足をバタつかせ抵抗するが、マッキーは、力を緩めない。マッキーの腕は、ガッチリと輝男の首に食い込んでいて、輝男が手で外そうとしても外れない。

「マッキー先輩！　何やってんですか！」

ジェニファーが止めに入って、ようやくマッキーは首を絞めるのを止めた。

「ゲホッ！　ガハ！」輝男が、ひざまずいて、苦しそうにノドを押さえた。「急に何すんねん！」

「ごめんね、輝男ちゃん。ところで手に持ってた花札は？」

「あっ」ジェニファーが口を押さえた。「落ちてる……」

輝男が、持っていた花札が、二枚とも床に落ちている。

「ほらね」

「当たり前やんけ！　誰だって首を絞められたら――」

「でもこの死体は持っていた。首を絞められている途中に、必死で何かを伝えようとしたのよ」

マッキーは、落ちた札を拾った。
と。
「この二枚が犯人を指すヒントなのよ」

「だからといって、わざわざ俺たちが探偵ごっこする必要はないやんけ」

「忘れたの？　ここはヤクザマンションよ。奴らが、アタシたちを犯人に仕立てあげることなんて、いとも簡単にできるんじゃない？」

「……それをやられたらヤバいな」

「そういうこと。私たちが見つけ出さなきゃなんないの」マッキーは、真剣な眼差《まなざ》しで輝男を見た。「犯人をね」

31

何で、金庫が空なんだよ！

五〇一号室。葉月は、目の前の光景に愕然とした。大急ぎで、ユカリの免許証をファックスで送り、走ってここに来た。そこで待っていたのは、何も入ってない金庫と涼介の銃口だった。

ユカリとヒロは部屋の隅にいた。ヒロは、ガタガタと震えているが、ユカリは気丈にも涼介を睨み付けている。意外と、肝が据わった女なのかもしれない。

「何の冗談ですか、これは？」黒木が、両手を上げながら言った。涼介の銃口が、黒木に狙いを定めているのだ。

「俺が訊きたいよ」

涼介の目が据わっている。少しでも刺激すると容赦なく撃たれそうだ。

「盗まれたんですね」

黒木が、平然と言った。この男は、どこまで冷静なんだ？　何億もの金が消えたんだぞ！　確かに他人の金だから、黒木にとっては痛くも痒くもないだろう。だが、普通の感覚の人間ならば少なからず動揺するはずだ。

……俺なんて、悔しさで発狂しそうだぜ。葉月は、折れるほど奥歯を噛みしめて金庫を眺めた。先にやられた。俺と同じことを考えてた奴が他にもいたのだ。

誰だ？　このマンションは、葉月の許可がなければ、ディーラーであろうとも出入りはできない。そもそも、大量の札束と、麻薬を持ち出したりすればすぐにわかる。

まだ、金はマンションにある。それを俺が、誰よりも早く取り返すしかない。終わったわけじゃない。チャンスはある。先に、涼介に銃を抜かれたのは誤算だったが。いっそのこと、このまま黒木を撃ち殺してくれよ。その方が、手間が省《はぶ》けるってもんだ。

「黒木。お前に質問がある」涼介が、一歩、黒木に近づいた。

「何でしょう？」

「この金庫室に入ったことがあるのか？」

なんだと？　涼介は黒木を疑ってるのか？

「ありませんよ。入りたくてもカードキーがありませんから。違いますか？」

「金庫の中に、これがあった」涼介が、銃を持ってない方の手を黒木に見せた。

何もないじゃねえか？　涼介は何を持ってるんだ？

「私の髪の毛ですか」

本当だ。よく目を凝らすと、涼介の手のひらに、白い髪の毛がのっている。

「それは、誰が見つけたんですか？」黒木が、顔色一つ変えず訊き返した。

「この女だ」涼介が、顎でキャバクラ嬢を指す。

「では、彼女が置いた可能性もあるわけですね」

キャバクラ嬢が、仰天して目を見開く。「は？　何言ってんの、バッカじゃない！　アンタとは今日会ったばかりよ！　髪の毛なんかどうやって手に入れるのよ！」

「管理人室でも、廊下でも、どこでも可能だ。どんな人間でも、抜け毛は一日に百本近くあるからな」

「じゃあ、私がわざわざそれを拾って、金庫の中で見つけたフリをしたって言うわけ？　何のために？　意味わかんなーい」

涼介が、もう一丁銃を出した。右手で黒木、左手でキャバクラ嬢を狙った。

二丁拳銃かよ！

32

猪と鹿。一体、どんな意味があるのかしら。

マッキーは、二つの花札を見比べた。

「まず、どちらも動物ですね」ジェニファーが、やる気マンマンで覗き込む。

「本気で推理すんのかいな？」

輝男が、面倒臭そうに眉をひそめた。

「輝男ちゃんも考えてよ。悪知恵だけは働くんだから、その頭の回転の良さを推理に活かしてみて」

「それ、ほめ言葉か？」

「もちろん、ほめ言葉よ。犯人は猪と鹿のつく名前かしら？」

「鹿田とか？　猪がつく名前なんかある？　あ、猪木か。犯人は鹿田と猪木？」

「そんなに単純じゃないわよ」

「別に複雑にする必要もあらへんやん。意外とシンプルな答えかもよ」

「それなら犯人は気づくんじゃないかしら？　殺した相手が自分の名前が入っている札を持っているのよ？」

マッキーは、もう一度、じっくりと花札を見た。「鹿にはモミジが入ってますね。猪の赤い草みたいのは何だろ？」ジェニファーが首を捻る。

「これはアカマメや」輝男が、即答する。

「何それ？」

「萩のことや」

「さすがに詳しいわね」

「一時、オイチョカブにハマっとったからな」

威張れることでもないのに、輝男の鼻が広がる。

「山口県に萩市ってのがあるけど……それは関係ないわよね？　犯人の出身地とか？」

「じゃあ、モミジはどうなんねん？」

「もみじまんじゅうで広島？」ジェニファーが眉間に皺を寄せる。

「なぞなぞとちゃうねんから」輝男が、呆れたようにため息をつく。

「さっきから犯人が二人ってことになってるけど、それでいいの？」

「二枚あるからな」

「まず、一人ということで推理を進めてみない？」

「二枚合わせるからこそ、犯人がわかるってことやな。猪と鹿、猪と鹿、猪と鹿……」輝男が、呪文のように唱えはじめた。

「猪には牙、鹿には角……なんか足りないような気がするな」

「足りないって何よ？」

「なんか……わからへんけど……」

ガタッ。バスルームの方から音が聞こえた。

「キャッ！　何の音よ？」マッキーは、驚いて輝男の後ろに隠れた。

「……誰かいます」ジェニファーが、身をかがめ、拳を握りしめた。

誰？　誰よ！　出たか、殺人鬼？　ホラー映画じゃないんだから！

マッキーは、恐怖に顔を引きつらせた。

「誰や！　出てこい！」

ジェニファーの後ろに隠れるマッキーの、さらに後ろに隠れながら、輝男が怒鳴った。

沈黙。返事がない。

「おかしいですね」ジェニファーが、首を捻る。

「どうしたの？」

「人の気配がしないです」ジェニファーが、スタスタとバスルームの方へと歩きだす。

「本当に誰もいないの？　危ないわよ！」ジェニファーは、マッキーの制止も聞かず、バスルームのドアを開けた。

「原因はこれですね」ジェニファーが、バスルームの天井を指した。

「何、何？」マッキーは、バスルームへと駆け寄った。

天井が抜けている。ちょうど、浴槽の真上の部分だ。

「何が落ちてん？　もしかして、ねずみか？」

「ヤダ！　気持ち悪いこと言わないでよ！」

マッキーが、さっきよりもさらに怖がって、ジェニファーの背後に回り込む。

「わたしだって、ねずみは怖いですよ！」

キャーキャー騒ぐマッキーたちをよそに、輝男が恐る恐る浴槽を覗き込んだ。

「何が入ってる？」

マッキーが顔を出して訊いた。

輝男は何も言わない。言わないというより身動きひとつしない。

「輝男ちゃん？」ダメだ。マッキーの声が聞こえていないようだ。「どうしたのよ？　大量のネズミの死体？」

マッキーは、ビクつきながら、輝男の背中を突《つっ》いた。

「え、えらいこっちゃ……」輝男が、やっと口を開いた。

「何があるのよ！　脅かさなくていいから！」

「言いなさいよ！　輝男！」

マッキーたちが声を揃えて怒鳴る。

「生き物じゃない……」

「何だ。早くそれを言ってよ」ジェニファーも、浴槽を覗いた。「マ、マジ……」

振り返ったジェニファーの顔がみるみると青ざめる。

ああ……また嫌な予感。とんでもない物が入ってるのね。

マッキーは、嫌々、浴槽を覗き込んだ。――硬直した。冗談でしょ……。

浴槽には、大量の札束が散らばっていた。それだけではない。札束に隠れるようにして、ビニールで小分けされた白い粉が、たくさん見えた。

「何これ……意味わかんないんだけど……この白い粉、何？」ジェニファーは、放心状態のまま言った。

「小麦粉ではないいな」輝男は、白い粉を手に取り、言った。

なんで、こんな物が落ちてくるのよ！

マッキーは、穴の空いた天井を見上げた。

「天井裏に隠してたみたいやな」輝男も穴を見上げる。

「隠すっていったって、これ相当な額よ。何のお金かしら？」

「これだけの額となると、カジノの売り上げか？」

「売り上げをこんな場所に置いとくわけ？　普通、金庫に入れるでしょ？」

「もしかすると……」輝男の顔が曇る。

「何よ？」

「あの殺された男が盗んだのかも」

「金庫から？　これだけの量を？　一人じゃ厳しいんじゃない？」ジェニファーが反論する。

「もちろん仲間がおったやろう」

「……その仲間が殺したんじゃないの？　仲間割れよ。このお金を独り占めするために首を絞めて殺したんだわ」

「十分な動機やな」輝男も頷く。

殺した後、金と麻薬を天井に隠したが、思ったより強度がなかったのだ。

「欠陥マンションや。板が半分腐ってるもんな」輝男が、浴槽から天井の欠片《かけら》を拾って言った。

重大なことに気づいた。

「じゃあ、犯人は絶対、この部屋に戻ってくるってわけね」ジェニファーが、強張った顔でバスルームの入り口を見た。

「この金を取りにな」輝男が頷く。

「どうする?」

「どうするも何も、この金は見なかったことにせな。ヤクザの金やぞ」

もちろん、マッキーもこの金を盗むつもりはなかった。無事にこのマンションから出られればそれでいいのだ。守りたいのは、この体だけ。しかし、ヒロにハメられ、借金を背負い、死体を発見し、天井から札束と麻薬が落ちてきた。なんていう荒唐無稽な展開。B級のアクション映画じゃないんだから! でも、わかっていることが、一つだけあるわ。

無事に帰れるわけがない。

「隠すわよ」マッキーは、意を決して言った。

「何をやねん?」輝男が、キョトンとしてマッキーを見る。

「このお金と白い粉よ」輝男とジェニファーが、状況が飲み込めずに、顔を見合わした。

「マッキー先輩、正気ですか?」

「盗むイコール、ぶっ殺されるってのはわかるやんな?」

マッキーは、首を横に振った。

「盗むんじゃないの。隠すの。このお金をアタシたちの切り札にするのよ」

33

こっちに向けてんじゃないわよ！

涼介の銃口が、ユカリの眉間を狙っている。恐ろしくて腰が抜けそうだ。

「どっちだ！　俺の金を盗んだのはよ！」涼介が、血走った目で吠える。

こうなったら命懸けのブリッ子だ。

「怖いよぅ〜。そんな危ないもの早くしまってよぅ」ユカリは、これ以上ないほど、ブリッ子な声を出した。

涼介が、一瞬、ユカリの目を見た。

黒木が動いた。人間離れしたスピードだった。低く、速く、あっと言う間に涼介の懐《ふところ》まで潜り込んだ。涼介が引き金を引くよりも先に、黒木の拳が顎を捕らえた。速過ぎる。特殊な訓練を受けた者の動きだ。

涼介は、後ろに吹っ飛び、金庫の扉で頭を強く打ちつけた。低く唸り、動かなくなった。

気を失ったようだ。
ユカリの全身からどっと力が抜けた。危なかった。
黒木が、銃を拾おうと涼介に近づく。
「動くんじゃねえ!」
突然、葉月が叫んだ。いつの間にか、葉月が銃をかまえて黒木を狙っている。
アンタも参戦? 頼むから大人しくしときなさいよ!
「何やってんだ、お前?」黒木が、ゆっくりと葉月に向き直る。
轟音《ごうおん》が部屋に響く。
「動くなっつってんだろう!」
葉月が、威嚇で壁を撃ったのだ。
危ないわね! 跳弾が当たったらどうすんのよ!
ヒロが、ヘナヘナとしゃがみ込み泣きだした。
「もうヤダ……お願いだから帰してくださいよ……」
「うるせえ! ピィピィ泣いてんじゃねえよ! ぶっ殺すぞ!」葉月が、怒鳴る。
その怒声にびっくりしたように、ヒロはすぐに泣き止んで、素早く立ち上がる。
「誰に銃を向けてんのかわかってんのか?」黒木が、葉月に凄んだ。

少しも怯えていない。逆に、銃を持っている葉月の方が、へっぴり腰になっている。さっきの黒木の動きを目の当《ま》たりにして、警戒しているのだろう。

この男、死ぬことを恐れていないの？　ユカリは、黒木の背中を見た。まったく隙がない。たとえ、今、ユカリが銃を抜いても勝てる自信はなかった。

「金は、金はどこにやったんだよ！」葉月が、黒木に訊いた。

「俺じゃないって言ってるだろ」

「他に誰がいるんだ？　あっ？」

「お前も金庫の金を狙ってたのか？　残念だったな、誰かさんに先を越されて」黒木が、鼻で笑う。

「うるせえ！」葉月が、また壁を撃った。

跳弾が、ヒロを襲った。

「ギャアア！」ヒロが、悲鳴を上げる。

だから当たるって言ったじゃない！

ヒロが床に崩れ落ちた。右の太股から血が流れている。葉月と黒木の視線が、ヒロに向いた。

今だ！　ユカリは、ハンドバッグの止め金を外した。

「動くな！」

ハンドバッグからベレッタを抜き、ユカリが葉月に銃口を向けた。

葉月が、ポカンとした顔でユカリを見た。痛がっていたヒロまでもが驚いている。

「な、何やってんだ？　お前？」葉月は、状況が飲み込めないらしく、黒木に銃を向けたまま身じろぎもしない。

「銃を捨てなさい！」ベレッタを向けたまま葉月に言った。

何でこうなるのよ！　ユカリは、自分の不運を嘆いた。もうブリッ子しなくていいのは楽だけど。

「やっぱりな。思った通りだ」黒木が不敵に笑う。

「てめえ、サ、サツか？」やっと、状況を理解した葉月がうろたえる。

「早く銃を捨てろ！　撃つわよ！」ユカリが、もう一度警告する。

肩の力を抜いて。呼吸は一定に。ユカリは自分に言い聞かせる。少しでも葉月が銃を動かしたら撃つつもりだ。同時に、黒木の動きも見逃してはならない。人と思うな。射撃場の的をイメージしろ。ユカリは、自分に言い聞かせた。

「大人しく言うことを聞いた方がいいんじゃねえか。このお姉ちゃんは、金庫の金になんか興味がないから容赦なくお前を撃つぞ」黒木が葉月を説得する。やけに声に余裕がある。

油断するな。気を抜くな。勝負は一瞬だ。

葉月を撃った瞬間、黒木も銃を抜くだろう。

「早く捨てなさい！」

葉月が、悔しさに顔を歪める。

「誰が捨てるか！　撃てるもんなら撃ってみろ！　コラッ！」

もちろん撃つわよ。ユカリは、葉月の右肩に狙いを定め、引き金を引いた。間髪入れずに、黒木に銃口を向ける。黒木は、ユカリの動きを予測していたかのように、微動だにせず大人しく腕を上げている。

葉月が、悲痛な叫び声を上げた。銃が床に転がる。狙い通り命中したようだ。

「カードキーを渡しなさい！」ユカリは、黒木に言った。

「俺は持っていない。アイツに貰いな」黒木が、アゴで、床をのたうち回る葉月を指した。

「動かないで」ユカリは黒木に銃口を向けたまま、ゆっくりと葉月に近づいた。

「わかってるって」余裕を見せる黒木の言動が癪《しゃく》に障る。

「その前に携帯電話を返しなさい！　こっちに投げて」

「管理人室に置いてきた」黒木が、おどけた顔を見せる。

「嘘つかないで！」

「本当だって。葉月に訊いてみろよ」

クソッ。なるべくなら、黒木には近づきたくない。

と、そのとき、「ああっ！」とヒロが、悲鳴を上げた。

何よ！　それぐらいの傷、もう少し我慢しなさいよ！

そうではなかった。涼介が目を覚ましたのだ。涼介は、頭を振り、部屋を眺める。

「……ファック」涼介が、両手の銃を上げた。

ヤバい。ユカリは、体を屈《かが》め、玄関へとダッシュした。

二発の銃声が背後で鳴った。

黒木が撃たれたのか？

最悪！　ユカリは、ハイヒールを脱ぎ捨て、五〇一号室を飛び出した。

追ってくる。逃げなきゃ。で、どこに逃げるのよ！　カードキーがないから、エレベーターを動かせない。ケータイがないから、助けも呼べない。

完全に八方塞がりではないか。全身から冷や汗が噴き出す。こりゃ、撃たれて死ぬかも……。

叫びだしたい気持ちを抑え、冷静に状況を分析する。とりあえず逃げ切るしかない。すぐに追ってこないところを見ると、涼介と黒木で、潰し合いをしてくれているのか？

とにかく今なら身を隠せる。どこに？　ダメだ。そんな所はない。

私がここから無事に出るための答えは一つしかない。涼介や黒木と闘うのだ。もうすぐ、わたしを追って五〇一号室から出てくるだろう。そこを狙い撃つしかない。

また部屋の中で銃声が鳴った。やっぱり争っている。誰が誰を撃った？　すでに、一人か二人は死んでいる確率は高い。銃を持つ手が、ブルブルと震える。

……洗い物しとけば良かった。ユカリの頭にどうでもいいことが過《よ》ぎった。昨日の晩御飯を食べたままにしている。これで死んだら、わたし、だらしない女みたいじゃない。

突然、隣の五〇二号室のドアが開いた。思わず、銃をかまえる。

赤ら顔のディーラーが、恐る恐る顔を出した。銃声が聞こえたのだろうか。

「うわっ！」ディーラーが、ユカリの銃を見て、慌てて手を上げた。

チャンスだ。ユカリは、男をそのまま押し込むようにして、強引に部屋に入った。

「ななななんですか？　一体！　私は何もしてませんよ！」男は、パニックになって玄関のすぐ横の壁にへばりついた。

「しーっ！」ユカリは、人指し指を口に当て、男を黙らす。

男は三十代後半だろうか？　眉毛が太く、角刈りの頭が一昔前の仁侠映画に出てくるヤクザのようだ。ただ、そのオドオドした目の動きには気の弱さが感じられる。

ユカリは、男を部屋の奥に連れて行った。「撃たれたくなかったら、大人しくして」

男が固く口を閉じ、何度も頷く。明らかに酒臭い。

「飲んでるの？」

「すいません。今夜はあまりにも暇だったもので」

男が、申し訳なさそうに謝った。どうりで顔が赤いわけだ。

「名前は？」

「高倉ケンです」

「ふざけてるの？　撃つわよ」ユカリは、銃を男の額に向けた。

「本名ですよ！」男が、涙目で訴えた。どうやら、本当のようだ。

ここで時間稼ぐしかないわね。ユカリは、大きく息を吐き、銃をおろした。ユカリは壁に耳をつけ、隣の物音をうかがった。

追いかけてこないのか？　しまった。すぐに逃げるべきだったか。

ユカリは、高倉に銃を向けた。「カードキーを渡して」

「は、はい。ただいま」

高倉が、クローゼットを開けようとした。

「何やってんのよ？」

「カードキーをここにしまってるんですよ」

「早く出して」ユカリは、イラついて言った。

「ちょ、ちょっと待ってくださいね」

高倉が、ブルブル震える手でクローゼットの戸を開ける。アルコール依存症の症状だ。

「えーっと、どこだっけ……」高倉が、ゴソゴソとクローゼット内を探る。

何よ、この男。ユカリは、高倉の尻を蹴りつけたい衝動に駆られた。

完全に判断ミスだ。すぐにカードキーを奪い、逃げれば良かったのだ。もし今見つかれば銃撃戦になるのは間違いない。

残りの弾は十三発。向こうは銃も多いし、弾の数では比較にならない。たとえ、追手が一人だとしても分が悪過ぎる。なんとしても銃撃戦は避けなければ。そもそも、この部屋のカードキーで、マンションの外に出られるのだろうか？　エレベーターは動かせるはずだが……。

「ありました」高倉が、振り返った。

茶色い何かが飛んできた。右手の甲に鋭い痛みが走り、銃が手から弾き飛ばされた。

ユカリは驚いて、高倉を見た。

高倉が中段の構えで、木刀を向けていた。両足の踵《かかと》を浮かせ、剣先が、ユカリのノドを狙っている。

剣道？　明らかに有段者の構えだ。手の震えも止まっている。

「これ以上ケガしたくなかったら、大人しくこの部屋から出ていくんだ」

高倉が、摺《す》り足でユカリに近づいた。落ち着きはらっている。さっきまでのうろたえた態度は演技だったのだ。右手の甲がズキリと痛み、ユカリは顔を歪めた。

「折れてはいないと思うが、早く冷やした方がいい」

「……出ていくから銃を返してよ」

「置いていくんだ。どんな事情か知らんが素人が持つ物じゃない」

「素人じゃないわよ」

「何？」

「麻薬捜査官よ」

「本当か？」

ユカリは、右手を押さえながら頷いた。

高倉が木刀を下ろして言った。「俺は……元警官だ」

34

クソがぁ……。

撃たれた右肩が焼けるように熱い。

葉月は、痛みと混乱で気が狂いそうになった。

あの女がサツ？　涼介を捕まえに来たのか？　金庫の金はどこなんだよ！

「もう、殺せよ！」葉月はヤケクソになり、黒木に怒鳴った。

「俺もそうしたいのはやまやまなんだが、金を隠した奴がわかるまでは誰も殺さない」

黒木が、ヒロの手当てをしながら言った。バスルームから持ってきたタオルでヒロの足の傷を止血している。

葉月も肩を止血されていた。見事な手際だった。涼介は、また気を失っている。

涼介が、逃げるユカリを二発撃った。意識が朦朧《もうろう》としていたのか、弾は見当外れの方向に飛んで行った。次の瞬間、黒木が、ボレーシュートみたいに涼介の顔面を蹴った。涼介は、立ち上がろうとしたところを再び蹴り上げられ、半回転して後頭部を床に打ちつけた。

「金を盗んだのは俺じゃないぜ……。今から盗もうとしたけどな」

葉月は、床に座ったまま壁に背中をもたれさせ、自嘲気味に笑った。

黒木が、ヒロの手当てを終え、銃を片手に振り返った。

「お前から見て怪しい人物を教えろ」

銃はすべて、黒木が持っている。

「わかるわけねえだろう。俺を含め、涼介を恨んでる奴は数え切れないほどいるだろうしな。犯人は、今ごろ、金とシャブを持って上機嫌でトンズラしてるぜ」

「お前の許可がないと、このマンションから出れないはずだ。金もシャブも犯人も、まだこのマンション内だ」

バレてんのかよ。ダメだ。この男にはすべてお見通しだ。

「ディーラーで、怪しい奴はいないか？」黒木が、質問を続けた。

葉月が、諦めて答える。「まあ、こんな非合法のカジノで働くぐらいだから全員がそれなりに怪しいな。半分以上が元犯罪者だな。人を殺して、最近まで刑務所に入ってた奴もいるし」

黒木の目が光った。「そいつの部屋は？」

「隣だよ。高倉っていう、アルコール依存症の男だ」

「そいつは、なぜ殺人を起こしたんだ？」

「よくは知らねえけど。ケンカに巻き込まれて過剰防衛で殺しちまったらしい。そんな凶暴な男には見えないんだけどな」

「素手でか？」

「誤って傘で刺し殺したってよ。昔、剣道の国体で優勝か準優勝したって自慢してたな」

葉月は、高倉の部屋に木刀が置いてあることを思い出した。ギャンブルで負けた腹いせに、暴れる客がいるので許可したのだ。あれをうまく使えば黒木を倒せるか？　しかし、利き腕の右腕は使えない。

一か八かやってみるか……。

「しらみつぶしに部屋を回っていこうぜ。まずは、隣の部屋からだ」葉月は、右肩をかばいながら立ち上がった。「あの女も探さなきゃな」

「慌てることはない。カードキーを持ってないんだ。この階のどこかに隠れているはずだ」

黒木が、銃を両手に持った。一丁は、涼介のマグナムだ。

マグナム対木刀。勝てっこない。

焦るなよ。チャンスは必ず来る。

葉月は、自分に言い聞かせ、玄関に向かった。

35

「元警官？　あんたが？」

五〇二号室。

ユカリは、高倉をしげしげと眺めた。

「今は酔っぱらいのディーラーまで落ちぶれたけどな」

「……どうして？」

「今、考えると運がなかったんだろうな。街でチンピラにからまれてる女を助けようとして、とっさに出た傘がチンピラの一人のノドに刺さってしまった」高倉が、哀しそうな目で、木刀を見た。「殺してしまったんだよ」

「正当防衛にはならなかったの？」

「酔っていたんだ。非番でな……。飲みに行った帰りで、どんな言い訳も通用しなかった。そこからは下り坂を転げ落ちるように、ここまできたよ」

「こんな仕事して家族は――」

「家族はいない」高倉が、ユカリの言葉を遮った。「刑務所に入る前に、俺の前から去って行った」

高倉の表情に嘘は見えない。

これって、まさに不幸中の幸いじゃない？　思わぬ協力者の登場に、ユカリは少しほっとした。

ユカリは、自分の任務と、金庫が空になったこと、そして、今かなりのピンチに追い込まれていることをイチから説明した。

「このマンションに覚醒剤を隠しているのか……」

「まったく気づかなかったの？」

高倉が頷いた。「ディーラーは、仕事が終わるまで、部屋から出ることを禁止されている。仕事が終わっても、支配人の葉月の許可がなければ、マンションから出ることができないんだ」

「徹底的に管理されているわけね」

ユカリは、舌打ちをした。カードキーを借りたところで、袋のネズミであることには変わらない。

「カードキーがあれば、各階は自由に行けるの？」

「それは可能だが、マンションから出るためには、葉月が持っているマスターキーがなければダメだぞ」

「……携帯持ってない？」

ユカリの質問に、高倉が首を振った。「禁止されている。ここには内線の電話しかない」

「ベランダから助けを叫ぶしかないかな？」

「ベランダにも出ることはできない。コンクリートで塗り固められているんだ」

「なによ、それ。刑務所じゃないんだから！」

どうやって脱出すればいいの？　焦りと不安が足下からせり上がってくる。

インターホンが鳴った。心臓が口から飛び出しそうになる。

「来た」

「静かに」高倉が、クローゼットを開けた。

「ここに隠れるんだ」

「マジ？」

再び、インターホンが鳴る。

「早く！　俺が何とか誤魔化すから」

本当だろうか？　裏切られたら終わりだ。クローゼットの中で蜂の巣になってしまう。

……ここは信じるしかない。

ユカリは、体を折ってクローゼットの中に潜り込んだ。

クローゼットの中、臭いんだけど。

ユカリは、酸っぱい臭いにむせそうになりながら息を殺した。着替えのシャツやら、ガラクタやら、高倉の私物が所狭しと置かれている。

絶対、ここでは死にたくない……。

ドアが開く音がした。

「この部屋に女が来なかったか？」

玄関から葉月の声が聞こえる。

一人か？　いや、あのケガで一人だけ生き残る可能性は少ない。黒木か、涼介に助けられたのだ。

ユカリは、クローゼットの隙間から、何とか部屋を覗こうとした。ほんのわずかな角度しか見ることができない。

もし、あいつらが部屋に入ってきたら……。先手必勝しかない。クローゼットに気が向く前に、こっちから飛び出して銃を乱射するのだ。ユカリは、銃が滑らないように、手のひらの汗をドレスで拭いた。

「女？　来ませんでしたよ。いい女ならいつでも大歓迎なんですけどね～」高倉の声だ。ちゃんと嘘をついてかばってくれている。「イカサマでもしたんですか？」

「客じゃねえ。涼介さんの女だ」

葉月の声のトーンから、苛立っているのがわかる。ユカリに撃たれた肩の傷が痛むのだろう。

「涼介さんがやらしいことでもして、逃げ出したんですか？」高倉が、陽気に答える。

見事な演技だ。ユカリも部屋に入ってきた時は騙されたが、高倉はこのマンションでは道化を演じている。

「テメエには関係ない。来てなければいい」葉月が、ぶっきらぼうに言った。

やった！　凌《しの》いだ！

「嘘をつくな。女が来たはずだ」葉月に代わって、低い声が言った。

黒木だ。やはりアイツが生き残ったか。て、ことは、涼介は殺されたの？

「来てませんよ？　ちなみにどんな女ですか？　特徴を教えていただければ、来たらすぐに連絡しますけど――」高倉が、嘘を続ける。

お願い！　頑張って誤魔化して！

「香水の匂いがする」黒木が、言った。

ユカリは、クローゼットの中でギクリと身を強張らせた。確かに、アホ女を演じるために香水をつけている。しかし、ほんの少しだけだ。普段、香水など全く使わないので、気持ち悪いからだ。

「え？　匂いなんかしますか？」葉月が、言った。

しない！　しない！　気のせいだって言って！

「気のせいじゃないですか？　トイレの芳香剤ですかね？」高倉が、さらにとぼける。「何なら部屋の中を見ます？」

何、言い出すのよ！

「そうさせてもらおう」

黒木と葉月が、部屋に入ってくる足音が聞こえた。

36

あんな場所に隠して大丈夫かしら……。

マッキーは、不安を胸に三〇三号室を出た。三人で相談した結果、金と白い粉を隠すことにした。そして、死体も。死体を隠す提案をしたのは輝男だった。

「ちょっとでも時間を稼げるやろ」が、その理由だ。

まずは、マンションからの脱出を目指す。各階のディーラーたちをギャンブルで倒し、借金もゼロに戻してマンションを出ることができれば万々歳。借金が残れば、最悪。そして、マンションを出る前に、死体が見つかってしまえば、超最悪。事件に巻き込まれてしまうだろう。

そうなった時に、どれだけ切り札として、お金を隠したことが通用するか？　さすがに死体の隠し場所は限られていた。簡単に見つかる可能性が高い。ただ、お金と麻薬の隠し場所は輝男のアイデアで、上手く隠せたとは思う。

犯人探しもやらなければ。犯人を探しつつ、ギャンブルで勝ち続ける。試練は続くわね。

マッキーは大きく息を吸い、気合を入れた。「ここからは時間との勝負よ」

次の部屋は、三〇二号室に決めた。カードを差し込み、ドアを開ける。

マッキーは、輝男の顔を見た。

「ギャンブル人生の集大成を見せたるわ」輝男が頷く。

「ばれるようなイカサマはやめてよね」ジェニファーが、釘を刺す。

「任せとけ。次は慎重にやるからよ」

やるのね。でも、そうでもしないと勝てないのはわかっている。

三〇二号室は、誰もいなかった。

「どこにもいないんだけど……」ジェニファーが、クローゼットを開けて言った。

「こっちにもおらん」輝男が、バスルームから出てきた。

ディーラーがいないのだ。テーブルの上に将棋盤があるだけ。将棋を使ったギャンブルなのだろう。

「休みか？　もしくはコンビニに行ってるとかちゃうやろな？」

「妙ね……」死体の隣の部屋で、ディーラーが行方不明。長居は無用だ。「他の部屋に行きましょう」

マッキーは、三〇四号室のドアを開けた。

「もしかすると、ここに三〇二号室のディーラーがおるかもしれんな」輝男が、言った。

「何でそう思うの？」

「だって、こんな狭い部屋で長時間働いてたら息が詰まるやろ。一緒にＷｉｉでもしとったりしてな」輝男が、おどける。

輝男が、無理して明るく振る舞っているのがわかる。こっちの緊張をほぐしてくれているのだ。

マッキーは、廊下を抜け、リビングに繋がる扉を開けた。

えっ？　また？

この部屋も誰もいない。マッキーは、輝男とジェニファーと、交互に顔を見合わした。

「死体部屋の両サイドの部屋が無人。絶対なんかあるやんけ……二人とも殺されているかもな」輝男が、部屋を見渡して言った。「とにかくここにおっても始まらへん。部屋を移動しようや」

マッキーたちは、三〇四号室を後にした。

「どこの部屋にする？」部屋を出た輝男が言った。

「三〇一号室はどう？」マッキーが、答える。

輝男が、マッキーから、カードキーをひったくるようにして、三〇一号室のドアを開けた。

リビングに入り、三人とも息を飲んだ。

また、誰もいない……。

輝男が、呻くようにボソリと言った。

「……このマンションで何かが起こってるぞ」

37

香水の匂いなんかするか？

葉月は、高倉の部屋に入りながら思った。黒木が、葉月の前で、慎重に銃を構え、腰を落としている。

ユカリの姿はないし、高倉もキョトンとしている。

高倉の奴、また飲んでやがるな。マジでこいつのだらしなさだけは……。白シャツはクシャクシャでアイロンもかけていない。着用を義務づけているネクタイもなし。背広のボタンまで取れている始末だ。

「ボタンはどうした？」葉月は、怒りを押し殺して高倉に訊いた。

「あら？　ないですね。どこにいったんでしょうね」高倉が、酒臭い息を吐きながら照れ笑いをする。

「今、気づいたのか？」葉月は、呆れて言った。

「そのようで」高倉が、頭を掻いておどける。

「バスルームのドアを開けろ」黒木が、高倉に命令する。

「はいはい。思う存分探してください」

高倉が、バスルームのドアを開けた。黒木が銃を向ける。ここにも、ユカリはいない。

「だから、いないって言ってるじゃないですか。なんなら、クローゼットの中も見ますか？

酒を隠してるのがバレちゃいますけど」

高倉が、半分馬鹿にしてるかのように笑う。

「次の部屋に行きましょうよ」葉月は、黒木に言った。

黒木は、葉月の言葉を無視してゆっくりとクローゼットに近づいていく。

一生やってろ！　葉月は心の中で罵《ののし》った。黒木が、クローゼットの前で止まり、銃を構える。

「開けろ」高倉が、ニヤニヤして葉月を見た。

「女一人に大げさ過ぎませんか？」

「銃を持ってるんだよ」葉月は、黒木の代わりに答えた。

「ええ！　本当ですか？」

高倉が、飛び上がるようにして驚いた。後ずさり、窓際のカーテンにしがみつく。

どっちが大袈裟なんだよ。

葉月は、高倉の驚きぶりを鼻で笑った。

ん？　何やってんだ？

高倉が、カーテンの陰から何か長いものを出した。

クローゼットに意識を集中していた分、黒木の反応が遅れた。高倉の木刀が、黒木の銃を弾き飛ばした。

「高倉！　何やってんだお前！」葉月は、慌てて高倉に銃を向けた。

「動かないで。今度は肩じゃ済まないわよ」

いつの間にかクローゼットの扉が開いていた。クローゼットの中で、ユカリが銃を構えている。その照準は、ピタリと葉月の眉間を捉えていた。

もう！　高倉のバカ！　何が、『クローゼットの中も見ますか？』よ！

ユカリは、葉月の頭を銃で狙いながら、心の中で毒づいた。ただ、黒木の銃を叩き落としてくれたことは助かった。凄い剣さばきだ。剣道の達人なのだろうか？

「撃て」高倉が、ユカリに言った。「さっさと撃ち殺せ。殺らなきゃ、こっちが殺られるぞ」

確かに高倉の言う通りだ。今が絶好のチャンスだ。でも……。

殺せるわけがない。そんな人間なら、この仕事をやってない。

ユカリの父親は、世界的なジャズ・ミュージシャンだった。

ユカリは、父のピアノが好きだった。当然、自分もミュージシャンになるものだと思っていた。父は忙しく、中々、ピアノのレッスンをしてくれなかった。今週はヨーロッパでツアー、来月はニューヨークでレコーディング。幼いユカリは、父の帰りを待ちながら、ピアノ教室に通った。

悲報は突然訪れた。父が、ロサンゼルスで射殺されたのだ。犯人は十四歳の少年。コカインの売人だった。金目当ての犯行だった。殺されたことよりも、父が、麻薬をやっていたことの方がショックだった。裏切られたような気がした。悲しいと言うより、悔しかった。ほんのわずかな白い粉が父を狂わしたのだ。その日から、ユカリはピアノを弾くことをやめた。

「黒木の銃を拾って」ユカリは、高倉に言った。

「撃たないのか？」高倉が、驚いた顔をした。

「このマンションから出るのよ」

「出れると思ってんのか？」葉月が、鼻で笑う。

「マスターキーを持ってるでしょ？」

「……ここにはないぜ」

「管理人室ね」

「なめんなよ、クソ女」葉月が、唾を吐き捨てた。

ヤクザとしての威厳を必死で保とうとしているのがわかる。

「早く、銃を拾って！」ユカリは、高倉に怒鳴った。

高倉が、銃を拾って、黒木に向けた。左手に木刀を持ったままだ。剣道の構えと違って、銃を構える姿は、へっぴり腰でなんとも頼りない。

「ひとつだけ言っておく」黒木が、ユカリを見た。「今、俺を殺さないと後悔するぞ」

「うるさいわよ。白髪野郎」ユカリは、葉月の後頭部に銃を突きつけた。「さあ、管理人室に行くわよ」

38

どうなってんの？

マッキーの背中に冷たいものが走った。

嫌な予感がする。三階のどの部屋にもディーラーがいないのだ。あるのは死体だけ……。

「もしかすると……」輝男が、渋い顔で呟《つぶや》く。「クーデターが起きたんちゃうか？」

「え？　反乱ってこと？」ジェニファーが、不安そうに訊く。

「最初の三〇五号室で、ジェニ子と白髪のおっさんが乱闘したやろ？　その隙に、ディーラーたちは、各部屋から抜け出したんちゃうかな？」

「支配人の葉月って奴も横にいたもんね」マッキーも頷いた。

「あのルーレットの珠美って女が知らせたんちゃうか？」

「ちょっと待って」ジェニファーが、納得いかない顔で輝男の言葉を遮った。「じゃあ、三階の連中はどこにいるのよ？」

「このマンションのどこかに隠れてるんやろ」

「死体の男は、クーデターに参加せずに殺されたのかしら？」

「何か裏切り行為をしたんやろ。あれだけの金と麻薬がからんでるからな」

ジェニファーは、まだ納得がいってないようだ。

「……今から何が起きるの」

「ディーラー軍団VSヤクザちゃうか？」輝男が、ヤケクソ気味に笑った。

借金どころじゃない。一刻も早くこのマンションから逃げ出さなくっちゃ。

……でも、カードキーがない。完全に八方塞がりだ。

「あれ見て！」ジェニファーが、廊下の先を指した。

「エレベーターが動いてるやんけ！」

階数表示が点滅しながら上の階から降りてきている。

「ラッキーよ！　飛び乗るのよ！」

マッキーたちは、ダッシュでエレベーターに向かった。

一足先にエレベーター前に着いた輝男が、停止ボタンを連打する。「止まれ！　止まらんかい！」

奇跡的に、止まった。

「よっしゃ！」

「ラッキー！　ラッキー！　ラッキーよ！」

エレベーターのドアがゆっくりと開いた。

ラッキーではなかった。

先頭の珠美の後ろに、三人のディーラーがエレベーターの中にいた。

「やっべえ……」輝男が、呻く。

男たちそれぞれの手に、金属バット、出刃包丁、草刈りガマが握られている。

草刈りガマって……農民一揆じゃないんだから！

こいつら、ヤクザを皆殺しにするつもりだわ。マッキーは、ディーラーたちの血走った目を見て確信した。

「あんたたち、まだいたの？」珠美が、マッキーたちを冷ややかな目で見た。

もうディーラーの顔ではない。飢えたハイエナのようだ。

「葉月と黒木はどこ行ったの？」

「知らないわよ。自分で探せば？」ジェニファーが言い返す。

「おい、ジェニ子、やめろって」輝男が、ジェニファーを引っ張る。

さすがのジェニファーも武器を持ったこの人数を相手にはできないだろう。

だが、「そこどいてよ。私たちがエレベーターに乗るんだから」ジェニファーは、一歩もひかず、ディーラーたちに言った。

「肝の据わった姉ちゃんだな、おい」

金属バットの男の言葉に、全員が笑った。

「珠美、こいつらをどうする？」草刈りガマの男が、訊いた。

「そうね。騒ぎ立てられても面倒だし、縛りあげて部屋に放り込むわよ」

「了解」

男たちが、ジェニファーを捕まえようとした。

「ジェニ子！　どけ！」

マッキーは、輝男の声に反射的にエレベーターから離れた。

エレベーターの横に、消火器があった。珠美たちからは見えない位置だ。輝男は、ジェニファーを止めるフリをしながら、消火器に近づいていたのだ。

ブシュ！　消火器の強烈な白煙がエレベーターを襲う。

「キャア！」「うわっ！」「何だ！」

三人の男たちが、白煙から逃げるようにして、エレベーターから転がり出てきた。全員、咳き込み、目を押さえている。

短距離の陸上選手のように、ジェニファーが飛び出した。男たちは、一瞬、何が起こったのか理解できない。

ジェニファーの重いストレートが、容赦なく金属バットの男のアゴをとらえた。

ドガッ！

金属バットの男は、ものすごい音を立てて、後頭部をマンションの壁に打ちつけた。他の男たちは、反撃に出ようとしたが視界が悪くやみくもに凶器を振り回すことしかできなかった。

ジェニファーの強烈な前蹴りが、出刃包丁の男のみぞおちに突き刺さった。口から汚物が飛び出し、床に飛び散る。

「何するんじゃあ！　このアマ！」草刈りガマの男が、血走った目でジェニファーに突っ込んだ。

ジェニファーは、摺り足で草刈ガマをかわした。

「マッキーさん、さがって」

言われなくても逃げるわよ。

マッキーは、安全な距離まで避難した。輝男の姿はとっくにない。

草刈りガマの刃が、連続で襲ってくる。ジェニファーはすばやく身を屈め、紙一重ですべての攻撃をよけた。

「ちくしょう!」

草刈りガマの男が、ヤケクソになって草刈りガマを投げた。むなしくも大きく外れてしまった。こうなってしまうと、ただの男だ。

ジェニファーの拳が草刈りガマの男のこめかみを痛打した。白目を剝いて、ひっくり返る。時間にして、ほんの数十秒。三人の男たちは、いともたやすく、ぶっ倒された。

続いて珠美が、フラフラとエレベーターから出てきた。「ゆ、許して……まさか、女は殴らないわよね?」

「甘えたらアカン。その根性を叩き直したる。ケツバットや」

いつのまにか、輝男が金属バットをかまえている。

「嘘……」

輝男のスイングが珠美の尻を強打した。珠美が、悲鳴を上げて飛び上がり、廊下にうずくまる。

可哀相だけど、ちょっといい気味かも。

39

「早く！　エレベーターを呼んで！」

ユカリは、銃で、葉月の後頭部を小突いた。

「……エレベーターが、勝手に動いてる」葉月が、エレベーターの階数表示をアゴで指した。

三階で止まっている。ディーラーか？　客か？　それとも葉月の手下……。

ユカリは、唇を嚙んだ。これ以上敵が増えるのはマズい。

「誰が動かしたの？」

「さあな。さっき黒木さんが痛めつけたオカマ連中じゃねえか？」

「今このマンションに、客は何組いるの？」

「オカマの一組だけだ」

「五階まで上がってくるの？」

「それはない。一階ずつしか上がることができないからな」

良かった。とりあえずは、一般人を巻き込まないで済みそうだ。

「高倉、こいつらが武器を隠し持ってないか調べて」

高倉が、黒木と葉月のボディーチェックをする。黒木の両腕は、後ろに縛ってあった。銃が一丁ずつと、ナイフが黒木のポケットから出てきた。

「持ってて」

入れる。

「わ、わかった」高倉は、ユカリから銃を手渡されると、落ち着きなく、自分のポケットに入れる。

「カードキーでエレベーターを呼んで」

「はいはい」葉月が、ユカリの命令に答える。カードキーを差し込み、呼び出しボタンを押した。

ユカリの背後で、ドアの開く音がした。部屋のドアだ。開いたのは一つではなかった。五〇三号室。五〇四号室。五〇五号室。三つのドアからディーラーたちが出てきた。三、四、五……六？　一体、何人出てくんのよ！

「葉月、これはどういうことだ？」黒木が、訊いた。

葉月は、驚きのあまり、口を開けたまま微動だにしない。ディーラーたちの手には、ナイフやら、警棒やら、金槌やら、物騒な物が握られている。

全員、目が据わってるんだけど……。

「お前ら！　止めろって！　本気でやるつもりか？」高倉が、叫んだ。

「や、やるって何を？」葉月が、やっと喋った。

「殺すつもりなんですよ。あんた方を」高倉が、木刀をかまえながら答える。「金庫の金を奪うためにね」

ディーラーたちが、武器を振り上げて走ってきた。完全に暴徒と化している。

「止まりなさい！」ユカリは、天井に向かって威嚇射撃をした。

しかし、ディーラーたちに怯《ひる》む様子はない。

「ぶっ殺せ！」金槌を持った男が叫び、飛びかかってきた。

「なめんなぁ！　コラァ！」葉月が、ケガをしていない左腕で、金槌の男の顔に拳を叩き込む。

「俺に銃を貸せ」いつの間に腕のロープをほどいたのか、両手を出し、黒木が、ユカリに要求した。

「渡すわけないでしょ！」

「死んでもいいのか？」黒木が、アゴで葉月を指した。

葉月は、ディーラーたちに囲まれ、袋叩きにあっている。

「全員、撃ち殺せ！」

「できるわけないでしょ！　アンタと一緒にしないでよ！」

「エレベーターが来たぞ！」高倉が、階数表示を見て言った。

ディーラーの一人が、ユカリにナイフを振りかざす。ユカリは、銃口を男の頭に向けるが、どうしても引き金を引けない。

頭の中が真っ白になっていた。刺される……。

木刀が、ユカリの顔の横を走り、ナイフの男のノドに突き刺さる。

「何やってんだ！　それは飾り物か！」高倉が、ユカリを叱咤する。

おかしい。あれだけ射撃訓練を受けてきたはずなのに。葉月を撃ってから、心臓が激しく痛むのだ。呼吸もうまくできない。空気が薄い。目がチカチカする。初めて人を撃って、父親の死を思い出してしまったのだ。

撃てない！　撃てない！　撃てるわけがない！

背後で、エレベーターのドアが開いた。

「飛び乗れ！」高倉が、ユカリを引っ張る。

先客がいた。不精髭の男と二人のオカマだ。

「輝男ちゃん、またピンチなんだけど」オカマの一人が泣きそうな声で言った。

40

二十歳《はたち》の正月。マッキーは、家族に自分が、《男》ではないことを告白した。

一家全員で、楽しくおせち料理を食べている時だった。父親は、口元まで運んでいたカズノコを落とした。マッキーはうつむいたまま、これから、《女》として生きていきたいと語った。父親は、何も言わずに日本酒を立て続けに三本飲んで、ぶっ倒れた。母親は、「健康なら、それでいいわ」と、わけのわからないことを言って、ワインを一本空けて、ぶっ倒れた。親不孝なのはわかっていた。でも、仕方なかった。これ以上、両親を悲しませてはいけない。エレベーターに閉じ込められた夜も、人は死ぬし、警察が出てくるし、で大騒ぎだった。なんて親不孝なんだろう。これからは、ひっそりと生きていこう。

……そう決めたはずなのに。目の前には、血だらけの葉月。狂気に走るディーラーたち。銃を持った女と木刀を持った男。そして、ジェニファーを倒した白髪の男、黒木。メチャクチャもいいとこだ。

こんなマンションで死んだら、お父さんとお母さんはどう思うだろうなぁ。マッキーは、半分現実逃避をしながら、ぼんやりと考えた。

「武器を捨てて！」女が、銃をマッキーたちに向けて叫んだ。露出狂のようなドレスを着ているが、美しい女だ。一見、水商売風だが、物腰は素人ではない。

「武器なんて持ってへんて！」輝男が、叫び返す。

「逃がすな！」ディーラーたちが、血みどろの葉月を踏みつけて、エレベーターに向かって走ってきた。まともじゃない。集団催眠にかかってるかのように、全員、爛々《らんらん》と目を輝かせている。

「輝男ちゃん！　逃げるよ！」

「ど、どこに？」

「下に降りるに決まってるでしょ！」ジェニファーが、輝男を押し退《の》けて、《閉》のボタンを押す。ドアが、閉まり始める。

「待ちなさい！」女が、銃をかまえたまま、エレベーターに乗ろうとした。

「俺も！」木刀を持った男も一緒に乗ろうとする。

手が伸びてきて、女の髪の毛を摑んだ。黒木の手だ。女が廊下に、引きずり倒される。木刀の男は、エレベーターに滑り込んできた。ドアが閉まろうとした瞬間、女の銃が火を噴いた。

「危ねえ！」輝男が、しゃがみこんだ。黒木と、銃の女を廊下に残したまま、ドアが閉まった。エレベーターが下へと動き始める。

助かった……。マッキーは、ホッとして胸を撫で下ろした。その時、初めて、自分の腹が焼けるように熱いことに気がついた。

「マッキー先輩……」ジェニファーが、顔面蒼白で、マッキーの腹部を見る。

……あれ？　アタシ……撃たれた？　マッキーは、自分の腹を触った。ベットリと、真っ赤な血が手のひらに付いた。

41

エレベーターが下へ降りて行ってしまった。

誰かに当たった？　黒木に手首を捻られた拍子に発砲してしまった。

ユカリは痛みに顔を歪めた。髪を引っ張られて倒された時に腰を打ったらしい。

銃がない。奪われた？　頭の上で銃声が鳴り響く。黒木が、ディーラーたちに向けて銃を連射した。

六発。おもしろいように、ディーラーたちがドサドサと倒れる。

「……さすがだな」葉月が、血で真っ赤に染まった顔を上げた。

黒木が、何の躊躇《ちゅうちょ》もなしに、引き金を引いた。葉月の眉間に弾が命中する。

……怪物だ。ほんの一瞬で、七人の人間の命を奪った。

黒木が、葉月の体を探り、カードキーを取り出した。

「立て。行くぞ」黒木が、ユカリに銃を向ける。

「私は殺さないの？」

「このマンションは警察に包囲されてるだろ」

「……人質ってわけね。逃げ切れると思ってんの？」

「逃げるのはいつでもできるさ。問題は、金とシャブがどこにあるかだ」黒木が、背中を向けて、エレベーターの呼び出しボタンを押した。

今だ！　ユカリが銃を奪おうと、黒木の背後から飛びかかった。

黒木の手が伸び、ユカリのノドを摑む。「やめておけ」

息ができない。恐ろしいほどの握力にノドが潰されそうだ。目の前が白くなってくる。

黒木が手を離し、ユカリは廊下に崩れ落ちた。ユカリは、激しく咳き込み、苦しさで涙が溢れる。

エレベーターが戻ってきた。誰も残っていない。代わりに、床に血痕が残っていた。

……やっぱり当たったんだ。ユカリは、深く、後悔した。胸に、太い杭が突き刺さったような痛みが走った。

42

三階の廊下。

マッキーたちが、この階で降りたのは、一番安全な階だからだ。ジェニファーが、ぶっ倒したディーラーたちは、三〇五号室にまとめて縛り上げている。

「マッキー先輩！　大丈夫ですか！」ジェニファーが、マッキーの肩を揺らす。

……大丈夫なわけないじゃない。銃で撃たれたんだから。痛いってば。お腹《なか》って、ヤバいんじゃ
腹が熱過ぎる。赤く焼けた鉄の塊を押しつけられているようだ。マッキーは、痛みで意識が飛びそうになるのを必死で耐えた。

なかったっけ？

「あまり、動かさない方がいい」木刀の男が、ジェニファーの手を押さえて言った。

「アンタ、誰よ！」

「高倉。元警官だ」

「警官？　どうしてディーラーなんてやってるのよ！」

「まあ、いろいろあってな」

「警官ならマッキー先輩を助けてよ！」ジェニファーが、涙目で高倉に摑みかかる。

「ジェニ子、落ち着け！」輝男が、ジェニファーを高倉から引き離す。

「運良く、弾は貫通しているが、今すぐ病院に連れていかないとマズいな」高倉が、マッキーの傷口を見て言った。

「このマンションから出るには、どうすればええねん？　ディーラーやったらわかるやろ？」

「支配人の葉月が持っているカードキーがないとダメだ」

「奪ってくればいいのね」ジェニファーが立ち上がり、エレベーターに戻ろうとする。

「だから、冷静になれって！」輝男が、ジェニファーの腕を摑み、引き止めた。

「マッキー先輩が死んだらどうすんの！　グズグズしてられないわよ！」

「相手は銃を持ってるねんぞ！　犬死にしたいんか」

「わかってるわよ！　でも行くしかないでしょ？」

ジェニファーが、輝男を押し退けようとする。

「ジェニちゃん、焦っちゃダメよ……」マッキーは、声を振り絞って言った。一言喋るたびに激痛が走る。「そう簡単に死にはしないから安心して……オカマはしぶといの……知ってるでしょ？」

「……はい。アタシもオカマですから」ジェニファーが、泣き笑いで言った。

「一体、このマンションで何が起こってるねん？」輝男が、高倉に訊いた。

「一カ月前、一人のディーラーが殺されたんだ」

高倉が、ポツリポツリと話しはじめた。

……この男、味方なのかしら？　マッキーは、激痛に耐えつつ、高倉を観察した。

警官と言ったが、本当だろうか？　一昔前のヤクザのような角刈り。ディーラーのくせに、服装がしわくちゃに乱れているのが気になる。ボタンも外れてるし……。

「一人のディーラーが客との大勝負に負けた」

「こんだけイカサマやってて負けたんか？」輝男が、呆れて言った。

「イカサマに失敗したんだよ」

「なんぼ負けてん？」

「一億五千万だ。涼介さんが、負けたディーラーに激怒した」

「涼介って誰よ？」ジェニファーが口を挟む。

「このマンションのオーナーだ。年は若いが、天竜会の組長の息子で、誰も頭が上がらない。用心深くて狡賢《ずるがしこ》く、ドブネズミみたいな男だ。シャブにまで手を出して、このマンションに隠しているらしい」

　ジェニファーと輝男が、思わず顔を見合わせた。

　バカ！　バレるじゃないの！

「知ってるのか？」高倉の目が鋭く光る。

「……知らないわよ」マッキーは、歯を食いしばって言った。「知ってるわけないでしょ……アタシたちは一般人なんだから……ねえ？」

　あの金と麻薬の隠し場所はこっちの切り札だ。まだ、この男が、味方かどうかもわかってない。マッキーの意図が通じたのか、ジェニファーと輝男も慌てて頷いた。

「そうか……」高倉が、残念そうに唇を噛む。

「その涼介って奴が、負けたディーラーを落としまえで殺したんか？」輝男が、話を戻す。

高倉が頷いた。「見せしめのつもりで、特殊警棒で殴っていたら、死んでしまった」

「メチャクチャね……」ジェニファーが顔を曇らす。

「それで、ディーラーたちの反乱が起こったわけやな？」

「そうなんだ。今日が決行日で、俺もクーデターの仲間に誘われたんだが、断った」

「なんでやねん？」

「ヤクザの恐ろしさを十分知っているし……ヤクザの金といえども人の金だ。盗むなんて良心が許さない」

あの大量の札束は、盗んだ金だったのね。

「このまま廊下にいるのは危険だ。三〇二号室に避難しよう」高倉が、言った。

三〇二？　死体の部屋じゃない！

「何で三〇二やねん？」輝男が、慌てて訊いた。

「三〇二のディーラーがクーデターのリーダーなんだよ。もし、居たら、やめるように説得してみる」

高倉が、三〇二号室へと向かった。

「どうするヤバいで」輝男が、小声で言った。「隠している死体と金が見つかったらどうする？」

43

エレベーターが、一階に着いた。

ユカリは、黒木に銃を突きつけられてエレベーターを降りた。

まわりの警官たちはどう思っているのだろう？　ユカリが、マンションに潜入して、かなりの時間が経っている。そろそろ、おかしいと思ってもいいはずだ。一気に突入してきてくれないだろうか？

黒木が、カードキーで、管理人室のドアを開けた。

防犯カメラのモニターの横に、電話機とファックスがある！　あの電話機なら外と連絡が取れるはずだ。

黒木は、モニターのビデオを巻き戻してチェックしはじめた。モニターは、全部で三台あった。

一台のモニターが玄関と一階の廊下を、残りの二台のモニターが一階から上のマンションの廊下を八分割の映像で映し出していた。驚いたことに、部屋の中を映したモニターがない。

「金庫室の映像はないの？」ユカリは、黒木に訊いた。

「あの用心深い涼介が、裏金やシャブを隠している証拠をわざわざ残すわけないだろう」

なるほど……。各部屋の映像がないのもイカサマの証拠を残さないためか。

「じゃあ、アンタは、モニターで何を調べてるのよ？」

「盗んだ犯人が、金をどこに移したかだ。あれだけの量を運ぶとなると、目立つはずだろ？」

黒木が、食い入るようにモニターを見る。一見、今の黒木は隙だらけだ。このまま背後から攻撃すれば……。

ダメよ。さっきも、それでやられたじゃない！

この男は、まるで、背中に目があるかのように、ユカリの気配を感じているのだ。

でも、やるしかない。電話が目の前にあるのだ。何とかして外と連絡が取りたい。ユカリは、そっと机の横のパイプイスに触れた。これで、殴れば……。

プルルルル！——その瞬間。管理人室の電話が鳴った。突然のけたたましい音に、ユカリは、心臓が止まりそうになった。

プルルルル！　プルルルル！

「出なくていいの？」

黒木は、無視してモニターをチェックしている。

電話が、しつこく鳴りやまない。黒木が苛つきはじめる。

「組の人間じゃないの？」

黒木が、ユカリを睨んだ。

「組の人間なら直接涼介にかけるはずだ」

「その涼介が携帯に出れないじゃない。アンタが縛り上げたんだから」

黒木が、舌打ちをし、ユカリに銃を向けた。

「お前が出ろ」

「なんで私が？」

「もし、電話の相手が新規の客なら、今夜はもう店じまいだと断れ」

「もし……組の人間なら？」

「何とか誤魔化すんだ」

マジ？　何よ、それ！

プルルルル！　ユカリを急《せ》かすように電話は鳴り続ける。

誤魔化すって言われても……。無理よ！　誰だか知らないけど早く諦めてよ！

「早く出るんだ」黒木が、ユカリの首の後ろに銃口を押しつけた。

冷たい。死の冷たさだ。この男なら、躊躇なく引き金を引く。

出るしかない。ユカリは受話器を取った。

「……もしもし」

『…………』

無言？　かすかに息づかいだけが聞こえてくる。

「もしもし？」ユカリは、もう一度訊いた。

『新堂ユカリか？』電話の向こうで男が言った。

ユカリの心臓がドクンと高鳴る。聞き覚えのある声。

『俺だ。後藤だ。新堂だな？』

ユカリは、飛び上がりたくなる衝動を必死で抑え込んだ。

後藤捜査本部長。今回の捜査を指揮するユカリの上司だ。ユカリの連絡がないことを不審に思い、電話をかけてきたのだろう。口が臭くて大嫌いな上司だけど、今は感謝の気持ちで一杯だった。

「そうですけど。もう、店じまいみたいですよ」ユカリは、黒木に悟られないように言葉を繋ぐ。

『横に誰かいるのか？』

「みたいですね」

『涼介か？』

「違います。私はここの従業員じゃないんで」

『……監禁されてるのか？』後藤の声に緊張が走る。

「それで合ってると思います」

早く突入してよ！　ユカリは、叫びたかった。

「おい！　早く電話を切るんだ！」黒木が、ユカリを銃で小突く。

「それでは、また次の機会に来てください。お待ちしております」

ユカリは、電話を切った。今ので通じただろうか？「お待ちしております」に、ほんのわずかだが力をこめた。いつもキレてばっかりの本部長だけどわかってくれたはずだ。

お願い！　早く来てよ！

44

お腹が痛過ぎるんですけど……。

マッキーは、輝男と高倉に両脇から抱えられて、三〇二号室に入った。

「痛いですか？」ジェニファーが、心配そうに訊いた。

マッキーが、顔を歪めながら頷く。

「ものすごく痛いか？」輝男が、しつこく訊いた。

だから、痛いって言ってるでしょうが！　マッキーが、激しく頷き返す。

「浅田がいない」高倉が呟いた。

どうやら、《浅田》というのが死体の名前らしい。

「おかしいな……」高倉が、花札の散らばったテーブルを見た。

「クーデターに参加してるんとちゃうの？」輝男が、誤魔化す。

死体を隠す場所は限られていた。大の男の死体なのだ。トイレか、クローゼットしかない。

ちなみに、マッキーたちは、話し合った結果、トイレに隠した。ほんの数分前。

『クローゼットは勝手に開けるけど、トイレはノックしてから開けるでしょ？』

マッキーの意見だった。すぐに見つかることには変わりはないが。

高倉の視線が、床に釘付けになっている。

死体の手にあった札だ。

マッキーが、テーブルの上に置かず、床に置いたのだ。高倉が、二枚の札を拾う。

「蝶があったら猪鹿蝶やな」輝男が、何気なく言った。

蝶？　《猪鹿蝶》とは、花札の役のことだ。花札をやらないマッキーでも知っている。

《蝶》があったら――。

マッキーは、蝶の札の絵を思い出した。

牡丹の花に蝶が飛んでいる。輝男の言葉が耳の奥で繰り返される。《蝶》があったら――。

確か、死体を隠す前、ダイイングメッセージを見て輝男が言った。

『何か足りないような気がするねんけどな』

《蝶》がない……。《牡丹》がない……。マッキーは、ハッとして、高倉の上着を見た。

ボタンがない。……犯人はこの男？

高倉は、木刀を片手に、何の動揺も見せていない。この男が、三〇二号室のディーラーを殺したとすれば、あるはずの死体が消えたことに内心では驚いているはずだ。

ただ、疑問が一つある。高倉は、なぜ、死体があるはずの三〇二号室にわざわざマッキーたちを連れてきたのだ?……そうか。暴動が起きたので隠している金が心配になったのか。

よしっ。揺さぶりをかけてやる。犯人かどうか確かめなきゃ。て、いうか、アタシ、ケガ人なんだけど。でも、アタシが頑張らなきゃ。早くこのマンションから脱出して病院に行きたい。

あえて、死体を見つけて、(もちろん、「見つけた」というふりをして)高倉の反応を窺ってやる。

「えっ?」

「……トイレに行きたい」マッキーは、苦しそうな演技をした。実際、苦しいし。

ジェニファーと輝男の顔が強張る。

「……我慢できへんのか?」

「マッキー先輩、我慢できますよね」

いいから、行かせなさいよ!

「お願い……行きたいの」

「行かせてやれよ」高倉が、輝男に言った。

「でも……」輝男の顔が引きつる。

ああ！　面倒くさい！

「犯人がわかったのよ……」マッキーは、痛みをこらえて高倉を見据えた。

「犯人？　何のことだ」高倉の視線が、一瞬泳いだ。

「この部屋のディーラーは殺されたのよ」

高倉が笑った。笑ったというより、必死に口の端《は》を歪めた。ジェニファーと輝男は、マッキーの言葉に口をポカンと開けたままだ。

「あまりの痛みに幻覚でも見たのか？」高倉が、不自然な笑顔のまま言った。

「ないわよ」

「何が？」

「バスルームの天井に隠してあったお金よ。麻薬もね」

高倉の顔から、笑顔が消えた。

45

「こいつか……」

モニターをチェックしていた黒木が、映像を止めた。ボストンバッグを重そうに運ぶ長髪の男が三〇二号室に入ろうとしている。

今から、一時間半ほど前の映像だ。映像が粗く、男の顔はわからないが、長髪を後ろに束ねており年は若そうだ。

「こいつが金を奪ったの？」ユカリは、モニターを覗き込んで言った。

「だろうな」黒木が、獲物を見つけた獣のようにノドを鳴らす。

ユカリは、管理人室の小窓からマンションの玄関をチラリと見る。

突入はまだなの？ さっきの電話のやりとりで、本部長の後藤は間違いなく異変に気づいたはずだ。

突入するには、マンションの玄関しかない。このマンションは、涼介が特殊な設計で改装していて、客やディーラーが逃げ出さないようにしている。出入り口は一つだけ。それは、下調べの段階でわかっている。

早く！ 早く！ ユカリは、願いをこめて玄関を凝視した。

願いが通じた。

グワッシャーン！

轟音とともに、覆面パトカーのステーションワゴンが、玄関のガラス戸を破って突っ込んできた。ケチな後藤にすれば、派手な登場の仕方だ。

黒木が、瞬時に動いた。この男には、驚くという感情はないのだろうか？　ユカリの背後にまわり、銃をこめかみに突きつける。ユカリの体を盾にして人質に取った形だ。

ここまでは予想通り。ユカリは、無駄な抵抗はせず、黒木に体を預けた。相手が銃を持っている以上、仕方のないことだ。

ステーションワゴンのドアが開き、防弾チョッキを着た取締官たちがわらわらと飛び出してきた。

「動くな！」四人の取締官たちが、管理人室に向かって銃をかまえる。

「さっきの電話か」黒木が、笑った。

「ずいぶんと余裕じゃない」

「あそこから撃たれても別にかまわないさ」

黒木の言う通りだ。管理人室の壁があるのだ。いくら銃をぶっ放したところで、なんの効果もない。

「行くぞ」黒木が、ユカリの体を強引に引っ張った。

「どこによ？」

「金を取り返しにに決まってるだろ」

黒木が、ユカリの体の陰に隠れながら、ゆっくりと管理人室のドアを開けた。

「潔く諦めるって選択肢はないの？」

「こう見えて、ピンチになるほど燃えるタイプなんでね」黒木が軽口を叩く。

四人の取締官たちが、管理人室を出たユカリと黒木にジリジリと寄ってくる。黒木は、巧みにユカリを引きずりながら、エレベーターへと近づいていった。

「動くんじゃない！」

取締官の一人が怒鳴るが、完全に無視だ。

「撃ってください！」痺《しび》れを切らしたユカリが叫んだ。

四人ともユカリの先輩で、全員腕利きの取締官だが、さすがにこの状況で銃をぶっ放す度胸はなさそうだ。

何やってんのよ、もう！　自分で説得するしかないようね。

黒木が、ユカリを人質に取りながら、器用にカードキーでエレベーターを呼んだ。

「金を取り返したところで、逃げようがないじゃない」

「そうでもないさ」

「どう足掻《あが》いても脱出はできないわよ」

黒木が、ククックッと不気味に笑う。

「おい、新堂、そいつ、薬物をやってるのか？」取締官が、ユカリに訊いた。薬物をやってるとやってないとでは危険度が違ってくるからだ。

「おそらくやってませんけど……」

「けど、なんだ？」

黒木は、明らかに危険を楽しんでいる。分類不能の犯罪者だ。ヤクをキメてるより遥かに手に負えない。

エレベーターのドアが開いた。黒木が、ユカリを連れて、ゆっくりと乗り込む。

ユカリは、ハッとした。黒木の息づかいで、次の行動が読めたのだ。

「逃げて！」ユカリは、取締官たちに怒鳴った。

エレベーターのドアが閉まる瞬間、黒木の銃が火を噴いた。取締官たちに発砲したのだ。

二人が撃たれた。

取締官たちが応戦する前に、ドアは閉まってしまった。

「二個ハズレか」黒木が、三階のボタンを押した。

「許さないから」

黒木が鼻で笑ったが、ユカリはもう一度宣言した。

「絶対に、許さないから」

46

「金はどこだ？」

バスルームから出てきた高倉が、鬼の形相《ぎょうそう》で言った。《浅田》の死体をそこで見たはずだ。だが、そこには金はない。顔を真っ赤にし、今にも額の血管が切れそうだ。

マッキーは、腹部の痛みに歯を食いしばり、高倉に言った。「やっぱり、アンタが犯人なのね」

「なんで、わかってん？」輝男が、ポカンとマッキーをみつめる。

「オカマの勘よ」

説明が面倒臭い。腹が痛くて痛くてしょうがないのだ。

「金はどこなんだよ！」高倉が、木刀を上段の位置にかまえた。「吐け！　頭をカチ割られたいのか！」

「他のディーラーたちを裏切ったのね？」

「何が悪い？　目の前に大金があるんだ。誰だって自分だけの物にしたくなるだろ」

「それで、クーデターのリーダーを殺したってわけね。最低ね」ジェニファーが、軽蔑を込めて鼻で笑う。

「早く、金のありかを言え。殺されたいのか」高倉が、低い声で唸った。

「輝男！　危ない！」

ジェニファーが、低いタックルで、輝男をはね飛ばす。

ドガッ！　紙一重だった。

高倉の木刀の先が、廊下の壁を破壊した。ものすごい威力だ。

今の突きをまともに食らったら……。

高倉が、木刀を上段の位置にかまえた。思わず、見とれてしまうほどの立ち姿だ。あきらかに剣の達人だ。

「二人とも、さがっててください」ジェニファーが、高倉の前に立ち、拳を固めた。

……木刀に素手で？　ジェニちゃん、大丈夫⁉

「イヤァー！」高倉が、雄叫《おたけ》びを上げて踏み込んだ。

黒光りする木刀が、ジェニファーの脳天を襲う。バックステップで木刀をかわした。

「あんなの、まともに食らったら頭かち割れんぞ……」輝男が、ゴクリと唾を飲み込んだ。

「ほう……よく避けたな……何か、格闘技をやってるな？」高倉が、木刀を握り直した。

今度は中段のかまえだ。高倉の剣先がわずかに動く。フェイントにもかかわらず、ジェニファーがまたバックステップで逃げた。

　完全にジェニファーの劣勢だ。

「木刀を放せ！」マッキーの横で輝男が大声を出した。

「ちょっと……輝男ちゃん……」

　輝男がナイフをかまえていた。黒木のナイフだ。ジェニファーを倒したとき、ルーレットのテーブルに刺していたのを覚えている。

　相変わらず、抜け目がないわね。マッキーは、一瞬、自分の傷を忘れて感心した。

「早く放せや！　角刈り！　ホンマに刺すぞ！」

　高倉は、輝男の言葉に全く反応しない。

「聞いとんのか！　コラ！」

　輝男がブルブル震える手で、高倉を威嚇する。輝男は、ギャンブルはプロだが、喧嘩はからっきしだ。下手すれば、誤ってジェニファーを刺してしまうかもしれない。

「輝男ちゃん！　ジェニちゃんに任せて――」

　胃の奥から、血の味が逆流した。

「ゴボッ」マッキーの口から、血が溢れる。

　吐血だ。内臓を損傷している……。早く病院に……。

「お、おい、マッキー！」輝男がマッキーの血に驚き、ナイフの刃先を高倉から逸らした。

その瞬間、「アイヤー！」木刀が輝男の腕を弾いた。

バキッ。骨の砕ける音。ナイフが床に落ちる。

「があぁぁぁ」輝男が激痛に顔を歪める。

「わたしの元カレに何すんのよ！」ジェニファーが、高倉に拳を打ち込んだ。

が、読まれていた。高倉の木刀が、カウンターでジェニファーのみぞおちを突く。

ジェニファーの体が、部屋の壁まで吹っ飛んだ。

強い……強過ぎる。

高倉が、クルリと木刀をマッキーに向けた。

え？　アタシ？　すでに結構、重傷なんですけど……。

高倉が摺り足で、近づいてくる。

硬そうな木刀。こんなので、頭を殴られたら、脳味噌が飛び散っちゃうわ。

「このマンションに来たのが運のツキだったな」

高倉が、ゆっくりと木刀を振り上げた。

ブサイクに死にたくない！

マッキーはギュッと目を閉じた。「おい、ゴラァ！　相手はこのアタシだろ！　このイカレチンポ野郎が！」

ジェニファーが、みぞおちを押さえて立ち上がった。

「見た目より頑丈な体だな。フツーなら、内臓破裂してるがな」高倉が目を細める。

「そんなトロっちい剣にやられるわけないでしょ……。すんでのところで、後ろに飛んで威力を半減させたのよ」

そう言いながら脂汗《あぶらあせ》を流し、膝をガクガクさせている。

「ジェニ子！　無理すんな！」

輝男が、紫色に腫《は》れ上がった手首を押さえながら叫んだ。あれじゃ、骨折しているかもしれない。

高倉が、ターゲットをマッキーからジェニファーに変えた。

「剣道三段、空手初段という言葉を知ってるか？」高倉が笑みを浮かべて、ジェニファーに訊いた。

「同じ初段同士でも、剣道の方が三段の実力があるってことでしょ？　だから？」ジェニファーが吐き捨てるように答える。

そんなこと、知ってるオカマってアンタだけよ……。

「あらゆる格闘技の中で、剣道が最強だ。お前がどんな技を使おうとも、絶対にオレには勝てない」高倉が背筋をピンと伸ばし、ジェニファーの前に立ち塞がる。「どこからでもかかって来い」

「そうさせてもらうで」

輝男が、いきなり高倉に向かって突進した。驚いた高倉が体を捻り、輝男の鎖骨に木刀を打ち込む。

ボギッ。今度は、確実に骨が折れた。

「ジェニ子、今や！」輝男は、骨が折れたことにも怯まず、高倉の足にしがみついた。

「ちょっ、おい！　卑怯者！」

高倉が振り払おうとするが、輝男は子泣きジジイのように離れない。

「ありがとう、輝男」

ジェニファーが踏み込み、高倉のアゴに渾身の正拳を叩き込んだ。

バグッ。高倉のアゴが外れた。ジェニファーのパンチがもろにクリーンヒットしたのだ。

「はがは！」高倉が、意味不明な悲鳴を上げて、背中から倒れた。

「よっしゃあ！」輝男が雄叫びを上げる。

高倉が後頭部をしこたま床に打ちつけ、口から泡を吹きながらビクビクと痙攣《けいれん》した。

すごいパンチ……。痛そう。て、いうか死んだんじゃない？

「何が、剣道が最強の格闘技よ。男なら素手で戦いなさいよ」ジェニファーが、フンと鼻を鳴らして髪をかきあげた。

「逃げるで！」

輝男とジェニファーが、マッキーを両サイドから支える。

「マッキーさん、死んじゃダメですよ。今年の夏、一緒にグアムに行く予定じゃないですか！」

「……もちろん……行くわよ」

「ディズニーランドも、まだ行ってませんよ！　パレード見るんでしょ？」

「オカマ二人でディズニーランド？　それは、どうやろ？」輝男が顔をしかめる。

「……輝男ちゃんも……行く？」マッキーが、口から血を流しながら言った。

「そうやな。マッキーの傷が治ったら三人で行こうや」

「輝男ちゃんが？　乗り物並ぶのとか我慢できるの？」ジェニファーが、再び口を挟む。

「できるわけないやろ。ずっとビール飲んどくわ」

「ディズニーランドはアルコール禁止よ。ディズニーシーの方はいいけど」

「じゃあ、俺はシーの方におるわ」

「それじゃ、三人で行く意味ないじゃない！」

「アンタたち……アタシを殺す気？　ケンカは……脱出した後でやってよ」

「すいません……」ジェニファーがシュンとして謝る。

もう一度、大げさに吐血でもしてやろうかしら。ホント、この二人は仲がいいんだか悪いんだか……。これを機会にヨリを戻すんじゃないでしょうね？

「よし、ジェニ子。マッキーを持ち上げて運ぶぞ。せえーのー」

マッキーは、両腕を二人の首にかけ、足を持ち上げられた。ガバッと両足が開く。

ちょっぴり、屈辱的なんだけど……。

玄関のドアが開いた。

「おやおや？　どこに逃げる気だ？」黒木が、さっきエレベーターで会った女の髪の毛を摑み、三〇二号室へと入ってきた。もう片方の手に銃を持っている。「金はどこだ？」

「マッキーさん、もう少し待ってくださいね」ジェニファーが、黒木を睨みつけながら言った。「こいつを倒したら、病院に連れて行きますから」

倒すっていっても、黒木は銃を持ってるのよ？　さっきは奴が素手でも負けたのに。

マッキーは、絶望的な気持ちで黒木を見た。容赦なく人質の女の髪を引っ張っている。この男なら、何の躊躇もなく皆殺しにするだろう。

「金はどこだ？」黒木は、まるでジェニファーなど眼中にないかのように、部屋の全員を見回す。

「わたしを倒したら教えてあげるわ。かかってきなさいよ」

ジェニファーが、ブルース・リーのように人差し指をクイッ、クイッと曲げて挑発するが、黒木は全くノってくる素振りを見せない。

「銃を置きなさいよ。さっきみたいに、素手のケンカで勝負——」

「うるせえ」

黒木が、銃口をジェニファーに向けた。撃つの？

「やめて！　巻き込まないで！」

人質の女が、金切り声を上げ、銃を奪おうと手を伸ばした。黒木が、その手をかわし、力任せに女を壁に叩きつける。

壁に頭から突っ込んだ女の額が割れ、血が噴き出した。

女の子相手に……ひどい……。

女はうーんと低く唸ったまま動くことができない。黒木が、うずくまる女の腹を蹴りあげた。

「何やっとんじゃ！　コラァ！」輝男が吠えたが、銃のせいで動くことができない。

「逃げるの？　素手でやろうよ」

ジェニファーが、挑発を続ける。なんとしても、黒木の手から銃を離そうとしているのだ。

「しょうがないな」黒木が銃をおろした。

「そうこなくっちゃ」ジェニファーがニンマリと笑い、拳を固めた。

「やっぱ、やめた」

黒木が、喜ぶジェニファーに、再び銃を向けた。

そんな……。マッキーの背中に、冷たい感覚が走り抜けた。

黒木の指が、引き金を引いた。

47

ユカリの頭上で銃声が鳴った。

絶叫。誰かが撃たれた？　腹を蹴られた痛みで、目が開けられない。

ユカリは床にうずくまりながら、必死で目を開けた。右の横腹がひどく痛む。急所の肝臓を蹴られた。苦しい。吐きそうだ。

誰かが倒れている。涙で滲んでよく見えない。

「輝男ちゃん！　死んじゃ嫌！　何でアタシを庇《かば》うのよ！」赤いドレスのオカマが、倒れている男を揺さぶっている。男は白目を剝いたままピクリともしない。

……死んだの？　たとえようのない怒りが込み上げてきた。圧倒的な暴力に屈するしかない、自分の無力さ。ロサンゼルスでジャンキーに撃ち殺された父親も、こうやって死んでいったのか？　ユカリは、悔しさのあまり、涙をこぼした。

「金はどこだ？」黒木が、また銃をかまえた。床に倒れているオカマに狙いをつける。

「だから、アタシと闘えって言ってるでしょ！」赤いドレスのオカマが、涙で顔をクシャクシャにして怒鳴った。

銃声。オカマの右足の甲が撃ち抜かれた。オカマが悲鳴を上げる。よく見ると、腹からも出血しているではないか。

「マッキー先輩！」もう一方のオカマが、撃たれた先輩のオカマに駆け寄る。

「金はどこだ？」

どうすればいいの……。後藤本部長が率いる取締官たちは、一階で立往生しているだろう。カードキーがないと、エレベーターが動かないのだ。非常階段も塞がれている。黒木が、またオカマに銃口を向けた。

パパ、勇気をちょうだい！　ユカリは、猛然と立ち上がった。額から流れ落ちる血が目に入ったが気にしない。この男だけは許さない！　ユカリは歯を食いしばり、痛みに耐え、黒木の銃を奪おうとした。

銃口がこっちを向いた。

パパ……。黒木の銃が火を噴いた。鉛の弾が、ユカリの胸を貫いた。

48

ひどい……。

女の抵抗は虚しく、一発の銃弾によって、何もできないまま終わってしまった。女は胸を押さえ、口をパクパクさせた。

「パパ……」かすれた声で、そう言って、床に崩れ落ちた。

これで二人が倒れた……。輝男は、ジェニファーを庇って撃たれた。撃てと言わんばかりに、黒木の前に自らの体を差し出したのだ。

マッキーは、もう一度、白目を剝いて倒れている輝男を見た。

輝男ちゃん……。

「金はどこだ」黒木が、マッキーに銃を向けた。無駄な言葉は一切使わない。邪魔者は殺す。シンプルな脅迫だ。そして、これほど効果的な脅迫もないだろう。

殺すなら、早く殺しなさいよ。マッキーは、黒木を睨み返した。「撃つならわたしを撃ってよ！」ジェニファーが、怒りに震えて叫び、唇を噛んだ。

黒木が、撃った。次は、左足の甲だ。マッキーは絶叫した。真っ赤に焼けた鉄の矢が貫通したようだ。

「助けて」

マッキーの心が、ポッキリと折れた。これ以上は耐えられない。金の在《あ》り処《か》を言えば、殺されることはわかっていた。だが、これ以上の拷問を受ける気力は残っていなかった。

「……教えるわ。お金は……あそこよ」マッキーは、涙を流し、震える指で、クローゼットを指した。

「マッキー先輩！　教えちゃダメ！」

「……ゴメンね」

黒木が、笑った。勝利の笑みだ。ゆっくりとクローゼットに近寄り、開けた。

クローゼットは空のままだ。

「何だ？　この期《ご》に及んで嘘か？」

「慌てないで……底板の下に隠してあるのよ」

「底板を外せ」

ジェニファーが、言われるがままクローゼットの底板を外す。

黒木が、ゆっくりと近づき、クローゼットを覗き込む。

もちろん、何も入っていない。最初、そこに隠そうとしたのだが、スペースが小さく、お金が入りきらないので候補から外したのだ。

「どういうことだ？」

目的は、黒木をクローゼットに近づけさせることだった。

輝男がムクリと起き上がり、高倉の木刀を拾った。

さすがの黒木も、今度ばかりは反応が遅れた。輝男が振りおろした木刀が、黒木の脳天を直撃した。続いて、右手を叩き潰した。骨が折れる音。銃が、弾け飛ぶ。

「俺……ギャンブルやめるわ」

輝男が、ジャケットの下から札束を出した。

札束の真ん中に、穴が開いている。

「こんな運を使ってしまったら、二度と勝てへんやろ？」

「どうして、そんなとこに札束が入ってるのよ！」ジェニファーが、輝男に怒鳴りつけた。

「ははは」輝男が笑って誤魔化す。

「信じられない！　ネコババする気だったのね！」

「ええやんけ、それで命が助かってんから！　結果オーライやろ？」

「最低！」

「お前な！　助けてもらって、その言い方はないやろ？」

ちょっとアンタたち……何度も言うけどケンカは後でお願い。

でも、生きてて良かった。マッキーは、輝男が死んだふりをしていたことに、さっき気づいた。白目を剝いていた輝男が突然ウインクしたのだ。黒木の隙をつける。そう判断したマッキーは、嘘をついて黒木をクローゼットに誘《おび》きよせたのだ。ジェニファーもすぐにピンときて、芝居に乗ってくれた。

ナイスなチームワークね……さあ、次はアタシを病院に連れてってよ。


「ハハハ、ハハハ、ハ」

黒木が不気味な笑い声を上げながら、スックと立ち上がった。頭の頂上から、噴水のように血がプシュプシュと吹き出している。

ちょっと……まだ、くたばってないの？　黒木の白い髪が真っ赤に染まっていく。

「なかなか、やるじゃねえか」黒木がギロリと輝男を睨んだ。顔面まで真っ赤だ。

「金はどこだ？」しつこく、同じ言葉を繰り返す。

「もう一発食らわすぞ」輝男が、木刀を振り上げた。

「待って！　こいつ、何か持ってる！」ジェニファーが、叫んだ。

……ミニ・パイナップル？　なわけないよね。映画でしか見たことない物を黒木が握っている。

「……何やねん？　それ？」

「手榴弾《しゅりゅうだん》よ」黒木の代わりに、ジェニファーが答えた。

何でそんなもん持ってんのよ！

本物？　本物よね……。わざわざ偽物を持っているようなキャラでもない。

黒木が、手榴弾のピンに指をかけた。

「待てや！　落ちつけって！」輝男が、大慌てで説得しようとする。「すまん！　俺が悪かった！」

人の頭を木刀で殴っておいて言うセリフではない。

さすがのジェニファーも、顔を強張らせて後ずさりする。

「ハハハ。動くんじゃねえ。ハハハ」黒木が、乾いた笑い声をあげながら命令する。

何、笑ってんの？　頭を殴られておかしくなり過ぎたのかしら？

「金金金金はどこなんだよ！」

呂律《ろれつ》が回っていない。足元もふらついている。そのまま勢いでピンを抜いてしまいそうだ。

「金はどこだどこだ金」

黒木の様子がおかしい。目の焦点も合っていない。意識が飛びそうになっているのを必死でこらえているのだろう。

「か、か、金」

黒木の体が大きく前後に揺れた。テキーラを立て続けで飲まされた酔っぱらいのようだ。

「あっ！　ちょっ！」輝男が短く叫んだ。

背後から銃声がした。

黒木の眉間に銃弾が突き刺さる。黒木は、声一つたてずぶっ倒れた。

誰が撃ったの？

マッキーが振り返ると、部屋の入り口に防弾チョッキを着た中年の男が立っていた。

「誰よ！」ジェニファーが拳をかまえる。

「怪しい者ではありません。麻薬取締官の後藤というものです」

彫りの深い顔をした、ナイスミドル風の男が銃を下ろして答えた。

49

「安心してください。このマンションは、我々が押さえました」

後藤と名乗った男が、身分証を見せる。

「このマンションのオーナー、天野涼介を張っていたんです」

「何者やねん？　そいつは」輝男が訊いた。

「ヤクザの組長の息子です。このカジノ・マンションの経営の裏で、麻薬の取引をしていたので以前からマークしていたんです」

それで、あんなに麻薬があったのね……。て、いうか、マークしてたならもっと早く踏み込みなさいよ！

マッキーの全身から力が抜けた。助かった……。これで、ようやく、今夜の悪夢が終わる。気が抜けると急に、撃たれた腹の傷が痛みだした。輝男も胸から血を出し、真っ青な顔をしている。が、思ったより傷は浅そうだ。

「もしかして、この女の子も麻薬取締官なの？」ジェニファーが、黒木に胸を撃たれて倒れている女を指した。

「はい。立派な捜査官でした」後藤が唇を噛んで頷いた。マッキーたちに、感情を見せまいとしている。

「他の捜査官たちはどこやねん？」

「暴動を起こしたディーラーたちを取り押さえています。さあ、早く病院に行きましょう。救急車も手配してあります」

ジェニファーが、マッキーを見て微笑んだ。「良かったですね。やっと帰れますよ」

マッキーは、思わず涙ぐんだ。

「麻薬と金はどこですか？」後藤が訊いてきた。

「ここです」マッキーは、部屋の中央にある花札のテーブルを指した。

テーブルの中に隠そうと言ったのは輝男だった。

『このマンションのテーブルには、必ず何らかのイカサマの仕掛けがしてあるはずや』

輝男の言う通り、この部屋のテーブルもそうだった。天板を外すと、仕組みはわからないが、イカサマらしき器械が設置されていた。その器械を、根こそぎ外し、できた空間に金と麻薬を詰め込んだのだ。外した器械は、もともと金があったバスルームの天井裏に隠した。

後藤が、テーブルの天板を外し、金と麻薬を確認した。

「これで全部ですね？」

「そうや」

「間違いないですね？」

「輝男！」ジェニファーが、睨みつける。

「……これもあったわ」

輝男が、渋々と、自分の命を救った札束を差し出す。

後藤が携帯電話をかけた。「確認しました。無事です」

無事？　マッキーは、何か後藤の口調に違和感のような物を覚えた。

部屋のドアが開き、担架を持った救急隊員が二人入ってきた。二人とも、マスクをしていて、人相はわからない。

「早く！　早く！　ケガ人はこっちよ！」

ジェニファーがピョンピョン飛び跳ねて、救急隊員たちに手招きする。

「さあ、早く運んで！　マッキー先輩、もう少しの辛抱ですよ！」

ジェニファーと輝男が、マッキーを担架に寝かせた。

「忘れ物がありますよ」後藤が、銃をかまえて言った。

「エイ、ヨウ。俺の金とヤクを運ばないとな」

救急隊員の一人がマスクを外す。ネズミみたいな顔が現れた。もう一人の男もマスクを外した。

「さすが涼介さん。まさか、こんな方法でヤクを運び出すとは思ってもみませんでした」

救急隊員の制服を着たヒロが、にやけ顔で言った。「俺が何で堂々と麻薬を売り買いしているか教えてやるよ」涼介と呼ばれた男が、尖った前歯の隙間からキシシッと不快な笑い声を洩らした。「麻薬取締官の本部長が仲間にいるからだよ」

「そこまで手を回してたんですね」ヒロが、尊敬の目で涼介を見る。

「ギャングスターに一番必要なものは、クールな頭とコネクションだよ」

涼介が、黒木の死体を見下ろし、唾を吐いた。

この男が黒幕……。マッキーは床に倒れたまま、涼介を観察した。狡猾《こうかつ》な悪のオーラが全身から滲み出ている。

「焦ったぜ。ディーラーたちがクーデターを起こすなんてよ。アスホールどもめ。全員、ぶち殺してやりたいぜ」

「不幸中の幸いじゃないですか。おかげで、混乱に紛れて金とヤクを運び出しやすくなりましたよ」後藤が、媚《こび》を売るように笑った。

ヒロが、ボストン・バッグに、金と覚醒剤を手際よく詰め込んでいく。

何よ……これ……こんなのってあり？　ジェニファーと輝男も悔しそうに歯を食いしばっている。

「ご苦労さん」涼介が銃を取り出し、マッキーに向けた。「じゃあ、今から段取りを説明するぞ」

「何、勝手に仕切っとんねん！」

「担架でお前を運ぶ」涼介がマッキーを指した。

「嫌じゃ、ボケ！」

「お前が、ボストン・バッグを運べ」涼介が、次に、ジェニファーを指した。「そのまま担架に付き添って、救急車に乗り込め。うまく取締官たちの目をかいくぐるんやぞ」

「お断りよ！　自分で持てよ！」ジェニファーが言い返す。今にも涼介をぶん殴りそうな勢いだ。

「いいのか？　このオカマを病院に運ばないと、死んじまうぞ」

「ジェニ子、悔しいけど、このネズミの言う通りや」輝男が、歯を食いしばる。

涼介が、後藤にアゴで合図を出した。後藤がおもむろに、銃のグリップで輝男の額を殴りつけた。

「があ!」輝男が、もんどりうって倒れる。額が割れて流血した。

「何すんのよ!」ジェニファーが食ってかかった。

「誰がネズミだ?」涼介がドスを利かせる。

「逆らわない方がいい。この人にはどうあがいても勝てない」後藤が、説得するようにジェニファーに言った。

涼介が、黒木の死体を見下ろし、唾を吐いた。

「ずっと俺のことを馬鹿にしてたことくらいバレてたんだよ」

「詰め終わりました!」ヒロが、ボストン・バッグのチャックを閉めながら興奮して叫んだ。

50

「さあ、クライマックスだ! 失敗は許さねえぞ!」

涼介が映画監督のように手を叩いた。

担架に寝ているマッキーの顔に、唾が降りかかる。

臭いわよ! マッキーは、唾を吐き返してやりたい衝動をこらえた。

ヒロがジェニファーにボストン・バッグを渡そうとしたが、ジェニファーが受け取ろうとしない。

「ジェニ子！」輝男が、真剣な目でジェニファーを見つめる。

ジェニファーは、もの凄い形相でヒロを睨みつけ、ボストン・バッグをひったくるようにして奪い取った。

「おー、怖い怖い」ヒロが救急隊員の制服を脱ぎだした。

「お前がこの服を着ろ」涼介が、輝男に指図する。

「俺が？　なんでやねん？」

「僕も撃たれたんですよ」ヒロが太股《ふともも》を見せる。包帯で応急処置がしてあった。

「跳弾が、かすっただけだろ？」涼介が、鼻で笑った。

「でも名演技でしたでしょ？」

「まあな。それで、黒木が油断してくれたから隠れたファインプレーだ」

「早く着るんだ」後藤が、輝男の背中に銃を突きつけた。

仕方なく輝男が、ヒロの脱いだ制服を着込んでいく。

「額の血を止めろ」

「そんなムチャな……」

ヒロが、ポケットから余りの包帯を取り出した。「これを巻け。ヘルメットをかぶるから見た目じゃわからないだろう」

輝男が、額に包帯を巻き、救急隊員の制服を着終えた。

「運ぶぞ」

涼介と輝男が、マッキーを乗せた担架を持ち上げる。

「後藤が先導するからゆっくりとついていけ。そっちのオカマはボストン・バッグを持って、心配そうな顔で担架に付き添え」

「あの……僕は？」制服を脱いだヒロが間抜け面で訊いた。

涼介が、また後藤にアゴで合図をした。後藤が、ヒロに銃を向けた。

「えっ？　またまた〜！」

ヒロが、引きつった顔で笑ったが、その笑い顔も泣き顔に変わった。

「……マ、マジっすか？」

「センキュー。お前の仕事はここまでだよ」

涼介が言い終えると同時に、後藤の銃が火を噴いた。

「レッツ、ゴー！」

涼介がおどけて言った。

ヒロは、後藤に頭を撃たれ、ピクリともしない。ジェニファーも輝男も、大人しく涼介に従うしかなかった。

このままじゃあ、ヤバいわね。

マッキーは、担架の上からジェニファーと輝男に目配せをした。おそらく、二人とも同じことを考えているだろう。

マッキーを病院に運ぶというのは、間違いなく嘘だ。所詮、マンションから金と麻薬を運び出すために利用されているだけで、その役割が終われば用はない。

全員、殺されるに決まってるわ……。

一同は、廊下を渡り、エレベーターに乗り込んだ。このエレベーターが一階に着いたら終わりだ。

……何とかしなくちゃ。

後藤が1のボタンを押し、ドアが閉まる。

「わかってると思うけど、他の取締官や、ポリに話しかけられても一切口を開くなよ。一言でも喋ったら、このオカマを病院に連れて行かねえからな」涼介が、マッキーたちに念を押す。

エレベーターがゆっくりと降下していく。

どうする？　何か逆転の一手はないの？　マッキーは、天井の蛍光灯を見ながら、必死で考えた。

何か……何かあるはずよ……。

蛍光灯の明かりがチカチカと点滅しはじめた。

え？　何？　停電？　視界がどんどん狭まっていく。

違うわ……これって、アタシ、気を失いかけてるんだわ。ジェニファーが心配そうに、マッキーの顔を覗き込む。

ダメよ！　今、気絶したら！　逆転どころじゃないじゃない！

ジェニファーの顔が、ドンドン霞《かす》んでいく。

ダ……メ……。

エレベーターが止まった。一階に着いたのだろう。

だが、次の瞬間、マッキーは意識を失った。

51

眩《まぶ》しい……。

マッキーは、ゆっくりと瞼《まぶた》を開けた。

……白いカーテンの隙間から太陽の光が射し込んでいる……白いシーツのベッド……。腕には点滴が刺さっている。

病院？

「良かった。目を覚ましたんだね」

ベッドの横にいる男がマッキーに囁《ささや》いた。

誰？　輝男ではない。窓からの逆光で男の顔が見えない。

「もう大丈夫だよ。心配しないで」

だから誰よ？　それにしても何て甘い声なんだろう……。

……ジェニちゃんは？　涼介や、後藤はどうなったの？　捕まったの？

「みんな死んだよ。安心して」

男が、マッキーのオデコを優しく撫でる。

死んだ？……アタシ、何も言ってないのに、心の中が読めるの？

「僕と結婚してくれないか」男が唐突に言った。

キスしようと顔を近づけてくる。男はジョージ・クルーニーだった。

そういうわけね。これは夢だ。ジョージ・クルーニー日本語喋ってるし。

サイレンの音が聞こえてきた。

せめてキスだけでも！

マッキーとジョージの唇が重なる寸前、マッキーは目を覚ました。

マッキーたちはサイレンを鳴らして走る救急車の中にいた。気絶している間に、マンションから脱出したのだ。

惜しい！　あと、もうちょっとで……。

輝男の唇がマッキーの唇に覆い被《かぶ》さる。

臭い！　セブンスター味のマウス・トゥ・マウス？

輝男が顔を離す。

「しぶといな〜。生き返ったぞ」涼介が、咳き込むマッキーを見て笑った。「ゾンビみてえだな」

「約束よ！　病院に連れて行って！」ジェニファーが狭い車内の中、涼介に詰め寄った。

後藤が、ジェニファーのこめかみに銃を突きつける。

「病院に向かってるから心配すんじゃねえ。ドント・ウォーリーだ」涼介が嬉しそうに、ポンポンとボストン・バッグを叩いた。

絶対に嘘よ……。

その時、輝男が、マッキーにそっと何かを手渡した。

え？　これって……。マッキーは、輝男から渡された物を手の中で確認した。

これで、どうしろっていうのよ……。

「ちょっと！　病院はこっちの方向で合ってるの?!」ジェニファーが、声を荒らげる。

「もういい！　俺たちをここで降ろせや！」輝男も大声を出した。

「騒ぐな。何なら、ここで殺してもいいんだぞ」後藤が、輝男の胸ぐらを摑んだ。

「殺《や》れるもんならやってみろや！　俺たちが救急車に乗り込んだのは、何人もの取締官が目撃してるやろ？　俺らの死体をどう説明つけんねん？」

輝男の反撃に、後藤が顔を真っ赤にした。額に血管が浮かんでいる。

「ザコ相手に、そんな興奮すんじゃねえよ」涼介が、後藤をたしなめる。

「勝負しようぜ」輝男が、涼介に言った。

「勝負？　この状況で何を言ってんだ？」

「ギャンブルで勝負や」

「ファッキュー」涼介が、尖った前歯を大げさに突き出し、輝男を馬鹿にする。

「お前らが勝ったら、俺たちを全員殺してもええわ」

「輝男！　何言ってんのよ！」

ジェニファーを無視して、輝男が言葉を続ける。

「負けたら、俺たちを解放してくれ。もちろん、金とヤクはそっちが持って行ってくれればいいし、今回のことは絶対に誰にも言わへん」

「とんでもねえアホだな」涼介が両目を寄せて舌を出す。「誰が勝負なんかするかよ」

「逃げんのか？　ネズミ。もしかして、ビビってんのか？」輝男も負けじと、歯グキを剝き出す。

……そんな挑発に乗るわけないじゃない！

案の定、涼介と後藤はゲラゲラと笑い出した。

「ギャンブルで勝負しなくていいのか？」輝男が懲りずに挑発する。

「するわけねえだろ！」後藤が輝男の胸ぐらを摑み見上げた。

「これでもか？」

輝男が、救急車内に置いてある薬瓶を叩き割り、ガラスの破片で自ら手首を切りつけた。手首から、みるみる鮮血が溢れ出す。

輝男ちゃん！　狂ったの⁉

マッキーは、輝男の手首から流れ出す血を見て、再び気絶しそうになった。ジェニファーも目を丸くして、輝男を見ている。

「何やってんだ？　お前は？」

涼介と後藤が、輝男の奇行にわずかだが動揺を見せた。

「この血を救急車の中に塗りたくる」

塗りたくる？　やっぱり狂ったの？

「おう。勝手にやれよ」涼介が大げさに肩をすくめる。

「それは……マズいですよ」後藤が、涼介に耳打ちした。「この救急車は、『おとり捜査に使う』と言って、消防署から借りているんです……」

「だから何だよ？」涼介が苛ついて言った。

「この救急車は返却しなきゃいけないんです。その救急車の中が、血だらけだったらどうなります？　説明がつきませんよ……」

輝男が、ニヤリと笑った。「俺たちを殺すつもりやろうけど、そうはさせへんで」

「……なるほどね」涼介が唇の端を歪めた。

「ギャンブルで勝負してくれるんやったら、この血を塗りたくったりせえへん。どうや？　俺たちが勝ったら救急車から降ろしてくれ。負けたら潔く全員死んでやる」

それで、自ら手首を切ったのね。命を賭けての交渉のために。

「……どうします？」後藤が、不安そうな顔で涼介に訊く。

「お前らはどうなんだ？　負けたら死ぬ覚悟はあるのか？」涼介がマッキーとジェニファーを見た。

「……いいわよ。輝男ちゃんに賭けてみるわ」

マッキーの言葉に、ジェニファーも頷いた。

今夜は、最初から最後までギャンブルね……。

短い沈黙のあと、涼介がノドの奥から絞り出すような声で言った。

「オッケー。勝負してやるよ」涼介が、コキコキと首を鳴らした。「救急車の中でギャンブルかよ。笑えるな」

ニヤニヤ笑いやがって……何よ！

それにしても、何て自信満々の男なのだろう。マッキーは、涼介の狡猾な笑顔をマジマジと眺めた。こいつを倒さないと、今夜の悪夢は終わらない。

輝男が、マッキーとジェニファーと交互に目を合わせた。手首の出血のせいか、唇が青紫色になっている。

「頑張ってね……」ジェニファーが、輝男の手を握る。

「おいおい、イチャついている場合かよ」後藤が、二人を見て鼻で笑う。

「サッサと決めろ。何のギャンブルをやる？　まさかジャンケンとか言うなよ」

「これでやろうや」輝男が、ポケットから財布を取り出した。

「コインか？」涼介が、輝男から財布を受け取った。

「好きなコインを選べや」

「イカサマでもする気か？」涼介が、コインを選びながら言った。

バレてる。マッキーは、動揺が顔に出ないように、顔の筋肉を必死で固めた。

さっき、輝男から渡されたのは、スロットのコインだった。何か仕掛けがあるの？　このコインをすり替えるつもりなのよ？　今、そのコインはマッキーの手の中にある。

「これにするぜ」

涼介が選んだのは、マッキーの手の中にあるのと同じスロットのコインだった。

ラッキー！　ついてるわよ！　輝男ちゃん！

「ルールはどうするんですか？」後藤が涼介に訊いた。

「男なら一発勝負だろ。誰がコインを投げる？」

ここね！　輝男ちゃんは、これを狙ってたのね！

「……アタシが……やるわ」マッキーが立候補した。

「大丈夫なんですか？」ジェニファーが心配そうに声をかける。

「アタシの命がかかってるんだもん……やらせてよ」

マッキーがコインを受け取ろうと、涼介に手を出した。

「その前に、そっちの手の中の物を見せてもらおうか」

涼介が、勝ち誇った顔で言った。

52

バレてんの⁉

マッキーは、スーッと血の気《け》が失《う》せていくのを感じた。まあ、もとから出血で、だいぶ失せてるんだけどね……。

「早く見せろよ、ビッチ。そっちのギュッと握っている左手だよ」

涼介の言葉に、輝男の顔が引きつる。どうすんの？　輝男ちゃん？　バレバレじゃないのよ！

「見せるんだ」後藤が、マッキーの傷口を銃で殴った。

「ぐうっ！」

痛い！　殺す気か！　マッキーは、奥歯を噛みしめて激痛に耐えた。

「マッキー先輩に何すンのよ！」ジェニファーが、後藤の肩を摑む。

「やめろ！　ジェニ子！」輝男がジェニファーを止めた。

「だって――」

「ええから。マッキー、左手を見せて」

いいの？

輝男が頷く。

マッキーは、汗ばむ左手をゆっくりと開いた。

「やっぱりな」涼介が嬉しそうに微笑み、マッキーの手からコインを奪った。

両面とも同じ絵柄に細工されたコイン――。

涼介が、輝男の財布から選んだコインは表と裏の絵が違う。

「イカサマじゃねえか！」後藤が吠える。

「なるほど。サイフの中に入っていたコインはスロット屋のコインが5枚、1円玉が3枚、5円玉が1枚……誰だってスロットのコインを選ぶわな。相手は自分が選んだのに、イカサマが行われたとは思わない」

「見破られたのは初めてや」

輝男も笑い返すが、その顔から完全に自信は消えていた。

「イカサマに関しては俺の方がプロなんだよ」涼介が不敵に笑った。

「こっちの勝ちだ！　殺されても文句は言えねえぞ」後藤が、銃を振り回してわめく。

「勝負はまだ始まってもないじゃない！」ジェニファーが言い返す。

「ふざけんな！」

　後藤がわめきちらすと、「その通り。勝負はこれからだ」と、涼介が、後藤の銃を摑む。

「どんな映画も決着をつけないとエンディングを迎えられないだろう？　小銭を出せ」

「はい……」後藤が、ポケットの中を探り、何枚かの硬貨を出す。

「ま、これだろうな」涼介が五百円玉をつまみあげた。「勝負再開だ」

「いいんですか？」後藤が涼介に訊いた。

「何だ？　俺が負けるとでも思ってんのか？」

「そうじゃないんですけど……」後藤が不服そうに口をモゴモゴと動かす。

「黙って見とけよ！」

　この男もギャンブル狂ね……。マッキーは、涼介に輝男と同じ匂いを感じた。

「早くやろうぜ。クラクラしてきたわ」輝男が目をしばたかせながら言った。手首を押さえているシーツに、血の染みがドンドン広がっていく。

「誰がコインを投げる？」

　涼介の質問に、俺がやります、と後藤が名乗り出た。

「お前は銃をかまえとけよ！」

「しかし――」

「わたしがやるわ」ジェニファーが言った。

涼介がジロリとジェニファーを見る。

「……いいだろ」

涼介が、五百円玉をジェニファーに投げ渡した。ジェニファーが両手でキャッチする。

「頼んだぞ。ジェニ子」

「任せといて」

ジェニファーが右腕の親指に五百円玉を乗せる。

「５００と数字が書いてある方が裏でいいな」

涼介が確認し、輝男が頷く。

……いよいよ勝負が始まる。

「いくわよ」

ジェニファーが、五百円玉を強く弾いた。回転しながら垂直に上がる。

お願い勝って！

ジェニファーが右手で五百円玉を受ける。

短い沈黙。救急車のサイレンがやけに大きく響く。

「裏だ」輝男が力強い声で言った。

「じゃあ、俺は表だな」涼介も重い声で言った。

車内に緊張が走る。

ジェニファーがゆっくりと右手を開いた。マッキーの目に、５００の数字が飛び込んでくる。裏だ！

「やったわ！　勝った！」ジェニファーが両手を合わせ、祈るように喜んだ。

「何だそりゃ？」後藤が舌打ちをして呻く。

「待て」涼介が、ジェニファーに言った。

「何よ？」

「念のために五百円玉を見せてみろ」

「負け惜しみ？　残念でした！　今度はれっきとした本物だよ！」

ジェニファーが、厭味たっぷりに鼻にシワを寄せ、手の中の五百円玉を涼介に放り投げた。

五百円玉は正真正銘の本物だった。

「さあ、約束を守ってもらおうか」輝男が、涼介に言った。

「馬鹿野郎！　そんな甘い話があるわけねえだろ！」後藤が、吠える。

「じゃあ、救急車内に血を塗りたくってもいいんだな。何なら、今、撃ち殺すか？　さぞかし血が飛び散るやろうな」

「ぐっ……」後藤が言葉を詰まらせた。

涼介が笑う。「クールな奴だな。傷が治ったら俺の新しいカジノでディーラーとして働かねえか？　いい金出すぞ」

「遠慮しとくわ。今のが俺にとっての最後のギャンブルや」輝男が真剣な目で言った。

「残念。巨万の富を掴める可能性があるのによ」

「いつか身を滅ぼすやろ」

「言えてるかもな」涼介が自嘲気味に笑った。「車を止めろ！」

やっと助かるのね……。マッキーは、ジェニファーと目を合わせ微笑みあった。

ジェニファーがギュッとマッキーの手を握りしめてくる。

えっ？　ジェニファーが手を握りながら何かを渡してきた。

見なくてもわかる。この感触。五百円玉だ。

アンタたちイカサマしてたの？　でも、いつの間に……。

マッキーは、ハッと思い出した。

輝男が、財布を出す前、『頑張ってね……』とジェニファーと手を握りあった。『おいおい、イチャついてる場合かよ』と後藤に罵られたのを覚えている。

あの時、すでにイカサマの五百円玉をジェニファーに渡していたのね……。マッキーのスロットコインはおとりだったのか。

輝男は、わざと涼介にイカサマがバレるように仕組んだのだ。本命の五百円玉のすり替えを成功させるために……。

輝男が、マッキーにウインクした。

間違いない。この男、絶対ギャンブルやめないわ。

53

マッキーたちは放り出されるようにして、救急車から降ろされた。

輝男の指定でコンビニの前に救急車は止まった。ここなら、後藤もやみくもに撃つことはできない。

救急車が去ったあと、血だらけのマッキーと輝男を見て、何事かとコンビニの店員が走ってきた。

「どうしました？　何があったんですか？」

マッキーは、本当のことを言いたいのをグッと我慢して、適当な嘘をついた。

「救急隊員の人とケンカしちゃったのよ。あんまり、しつこく私の電話番号を聞いてくるもんだからさ。頭にきてビンタしてやったの」

腹を撃たれている人間のセリフではない。

「は、はあ……」それでも店員は信じたようだ。「とりあえず、別の救急車を呼びますね！」

大慌てでコンビニへと戻って行った。

「良かったな。イカサマがうまくいって。芸は身を助けるってやつやな」

輝男が、満足げに頷く。相変わらず、手首からは出血しているが、イカサマの成功でテンションが上がっているのだ。

「全然、良くないわよ！　思いっきり綱渡りじゃないのよ！　もし相手が五百円玉を選ばなかったらどうするつもりだったのよ！」

「その時はその時で……ま、運勝負になるわな」

危ない……。何考えてんのよ、この男。

「……いつもこんな変なコインを持ち歩いているわけ？」

マッキーが、両面とも５００と数字の入った硬貨を見て言った。

「そうや。ギャンブラーは、いつ勝負を持ちかけられるかわからんからな。コツは、相手にコインを選ばせることや」

「ビョーキね」ジェニファーが呆れたようにため息をつく。

「ええやんけ。助かってんから」

輝男が、まだ暗い空を眺めて、大きくアクビをした。あと、一時間もすれば夜が明けるだろう。

やっと悪夢が終わったのね……。マッキーは、ホッと安心すると猛烈に眠くなってきた。

マッキーは大きくアクビをした。それにつられて、ジェニファーも大口を開けてアクビをした。

三人ともが目を合わせて、少し笑った。

「これで、一件落着やな」

「どこがよ！　涼介と後藤は、まんまと逃げちゃったじゃないのよ！」ジェニファーが口を尖らす。

「それは悔しいけどな……。どこに逃げるかわからねえし、捕まえるのはムリだよな」

「……海外じゃないの？　ねえ、マッキー先輩！　このままあいつらを許してもいいの？」

マッキーは、もう一度アクビをして言った。

「いいわけないでしょ」

54

二十六時間後。関西国際空港。

「見てみろよ、あのスッチーのケツ。たまんねえな」涼介が、目の前を歩くキャビンアテンダントを指した。

この男、緊張感のカケラもないな……。後藤は、鼻の下を伸ばす涼介の横顔を見て思った。自分が捕まるとは夢にも思っていないのだろう。

まあ、俺もそうだけどな……。

ギリギリだった。運良く成功したが、危険な賭けだった。

どっぷりと不正に手を染めていた後藤にとって、今回の涼介から持ちかけられた話は、まさに渡りに船だった。いつか、麻薬取締官の自分が捕まるかもしれない。そのプレッシャーから解放されるタイミングを計っていたのだ。

あと、五時間もすれば香港に着く。そこから、マカオに移動してギャンブル三昧だ。高飛び先も、カジノの街だというのが涼介らしい。

「おいっ！　ちんたら歩くんじゃねえよ！」

涼介の傍若無人な言い様に、後藤は、こみ上げる怒りをグッと押さえつけた。

マカオに着くまで、今回の報酬を貰えないことになっている。だが、そこからは自由だ。

こんな年下のネズミみたいな男に、いつまでもヘイコラしていられない。

そうだ。まずは、ホテルにチェックインしたら女を買おう。ルーム・サービスで、血の滴るステーキとドンペリとイチゴを頼んでやる。

後藤は、一人でニヤつきながら、涼介のあとを歩いた。

「小便に行くぞ」

涼介がトイレに入る。

小学生かよ！　ガキじゃあるまいし、連れションか、ボケが！

後藤は、涼介に聞こえないように舌打ちをして、トイレに入った。

涼介の横に並んで用を足す。

「さっそく女遊びしようと思ってんだろ」涼介が小便をしながらニヤける。

後藤は、必死で顔に出ないように奥歯を食いしばった。

「それもいいですね」

この男は鋭い。生かしておくのは危険過ぎる。マカオで殺した方が――。

その時、トイレの入り口から人の気配がした。

えっ？

さっきのキャビンアテンダントが、堂々と入ってきたのだ。

「ここ男子便所ですけど」後藤は、思わず注意した。

「合ってるわよ。生物学上ではアタシ男だもん」

キャビンアテンダントが聞き覚えのある声で言った。

この女……昨日の……確かジェニ子って呼ばれてた……。

次の瞬間、女の固い拳が、後藤の後頭部にめり込んだ。

55

なんだ⁉　このスッチー！

突然の出来事に、涼介は度肝を抜かれた。

隣の後藤が、小便をしたまま、トイレの壁に叩きつけられたのだ。

後藤は壁にしこたま鼻を打ちつけ、車に轢《ひ》かれた蛙のような声を上げる。そのまま、ずるずると、壁づたいに崩れ落ち、便器の中に顔を突っ込んだ。

一撃⁉　何者やねん、このスッチー……。

スッチーが、涼介を見て、ニッコリと微笑んだ。思い出した。

「お前……昨日の……」

「ジェニファーです。よろしくね」

ジェニファーが、アイドルのようなポーズで人指し指を唇に当て、ウインクした。

早く！　小便を止めなきゃ！

ここは空港だ。銃は持っていない。さっきのパンチを見るかぎり、このオカマが何か格闘技をやっているのは間違いない。

ダメだ。焦れば焦るほど、滝のように尿が出る。

「どうして……ここがわかったんだ？」

「一か八かの賭けよ。マンションが摘発された以上、ほとぼりが冷めるまでは身を隠さなきゃダメでしょ？　となると、かなりの確率で海外に逃げる。ただ、あれだけの金と麻薬を持って飛行機に乗ることはできない。麻薬を現金に換え、金は銀行に振り込む。どう考えても半日以上はかかる。だから、コスプレ屋に、この制服を借りて十四時間前から張り込んでいたのよ。どう？　似合う？」

ミスった……。甘く見ていた。せめて、変装するべきだった。

「てめえ、こんなことして俺のバックが黙ってるとでも——」

「組長のお父さんでしょ？　何て言うの？　『パパ〜、オカマにボコボコにされたよ〜』って泣きつくの？」

小便が止まった。逃げるなら今だ！　涼介は、振り返り、全力疾走で逃げようとした。

背中に何かがぶつかった。もの凄い衝撃に体が浮きあがる。

蹴られたのか？　どんなキックだよ……。

涼介は、個室トイレのドアを突き破って、和式の便器に頭から突っ込んだ。

56

三カ月後——。

病院から出てくるマッキーを、ジェニファーと輝男が待ちかまえていた。

「退院、おめでとうございます！」ジェニファーが、満面の笑みでブンブンと手を握る。

「ほい。退院祝いや」一足先に退院していた輝男が、マッキーに肉まんの紙袋を渡す。

「何で肉まんなのよ？」

「あれ？　入院中、『食べたい、食べたい』って言ってなかった？」

「言ったけど……。ありがとう」

マッキーは、嬉しさを噛みしめ両手を広げる。

ジェニファーが胸に飛び込んできた。力強いハグが、マッキーの涙腺を緩める。

結局、ジェニファーの活躍で、涼介と後藤は逮捕された。危なかった。もう少しで、海外に逃げられるところだった。最後の最後で、賭けに勝ったのだ。

オカマの勘をナメるんじゃないわよ。マッキーは、思う存分外の空気を吸い込んだ。おいしい。自由だ。狭い病室と、マズ過ぎる病院食ともおさらばだ。胸ヤケするほど、塩タンを食べたい。あと、お寿司も。

「さあ、帰りましょう！」

ジェニファーが、腕を組んできた。もう片方は、輝男と手を繋ぐ。

「その前に、寄りたい所があるんやけど……」輝男が言いにくそうに切り出した。

「どこよ？」

「……馬」

「競馬場？」ジェニファーがムッとして、輝男の手を離す。

「ちゃうって！　場外馬券場やって！」

「一緒じゃないの！　アンタ、ギャンブルやめるんじゃないの！」

「ギャンブルで生活するのはやめただけであって、趣味としてのギャンブルは……」

「マッキー先輩も説教してくださいよ！」

頬を膨らませるジェニファーを見て、マッキーは笑った。

どうせなら、競馬場に行きたいわ。緑の芝の上を駆ける美しい馬たちの姿を見てみたい。

「これで決めようぜ」輝男が、五百円玉を取り出した。

「ダメよ！　こっちのコインを使って！」

ジェニファーが、ジーンズのポケットから百円玉を取り出す。

「百円？　何か……味気ないなぁ……」

「何言ってんの！　どうせ、百円玉のイカサマコインがないだけでしょ！　マッキー先輩、お願いします！」

ジェニファーが、マッキーに百円玉を渡す。

やれやれ。またギャンブルか。マッキーが、そっと右手の親指に百円玉をのせた。

「裏」と輝男。

「じゃあ、アタシは表ね」とジェニファー。

私は……。私はどっちでもいいわ。マッキーが、力強く百円玉を弾いた。

百円玉は鋭く回転しながら空に舞い、太陽の光を受けてキラリと輝いた。

本文イラスト　草田みかん

この作品は「ポンツーン」二〇〇九年三月号～九月号に連載
されたものを大幅に加筆修正した文庫オリジナルです。

悪《あく》夢《む》のギャンブルマンション

木下半太《きのしたはんた》

平成21年10月10日　初版発行

発行人——石原正康
編集人——菊地朱雅子
発行所——株式会社幻冬舎
〒151-0051東京都渋谷区千駄ヶ谷4-9-7
電話　03(5411)6222(営業)
　　　03(5411)6211(編集)
振替00120-8-767643
印刷・製本—図書印刷株式会社
装丁者——高橋雅之

幻冬舎文庫

ISBN978-4-344-41368-9　C0193　き-21-5